ICH GEHE JETZT

JEAN ECHENOZ

ICH GEHE JETZT

ROMAN

Aus dem Französischen
von
Hinrich Schmidt-Henkel

BERLIN VERLAG

2. Auflage 2000

Die Originalausgabe erschien 1999
unter dem Titel *Je m'en vais*
bei Les Éditions de Minuit
© 1999 Les Éditions de Minuit
Für die deutsche Ausgabe
© 2000 Berlin Verlag, Berlin
Alle Rechte vorbehalten
Umschlaggestaltung:
Nina Rothfos und Patrick Gabler, Hamburg
Gesetzt aus der Berling
durch die Offizin Götz Gorissen, Berlin
Druck & Bindung: GGP Media GmbH
Printed in Germany 2000
ISDN 3-8270-0367-9
Gedruckt auf chlor- und säurefreiem Papier

Dieses Buch erscheint im Rahmen des Förderprogramms
des französischen Außenministeriums, vertreten
durch die Kulturabteilung der französischen Botschaft in Berlin.

1

Ich gehe jetzt, sagte Ferrer, ich verlasse dich. Ich lasse alles hier, aber ich gehe weg. Und da Suzannes Blick verloren über den Boden wanderte und dann grundlos an einer Steckdose hängen blieb, ließ Félix Ferrer den Schlüssel auf der Ablage am Eingang liegen. Dann knöpfte er seinen Mantel zu, ging hinaus und zog sacht die Haustür hinter sich ins Schloss.

Draußen dann, ohne auf Suzannes Wagen zu schauen, der stumm und mit beschlagenen Scheiben unter einer Straßenlaterne stand, schlug Ferrer den Weg zu der sechshundert Meter entfernten Haltestelle Corentin-Celton ein. Gegen neun Uhr abends, an einem Sonntag Anfang Januar, war die Metro fast völlig leer. Nur ein knappes Dutzend Männer fuhr mit, alleinstehende, wie offenbar auch Ferrer seit fünfundzwanzig Minuten einer war. Normalerweise hätte er sich gefreut, einen unbesetzten Wagenabschnitt mit gegenüberliegenden Bänken zu finden, ein kleines Zugabteil ganz für sich allein, denn diese Anordnung war ihm in der Metro am liebsten. Heute Abend fiel es ihm überhaupt nicht auf, er war abgelenkt, wenn auch weniger betroffen als gedacht durch den Auftritt, den er eben mit Suzanne erlebt hatte, einer Frau mit schwierigem Charakter. Er hatte eine heftigere Reaktion erwartet, Geschrei, Drohungen, Beleidigungen, doch jetzt war er erleichtert, obwohl durch die Erleichterung wieder eigenartig verstimmt.

Er hatte seinen kleinen Koffer, darin vor allem Waschzeug und Kleidung zum Wechseln, neben sich gestellt und schaute starr vor sich hin, entzifferte geistesabwesend die Reklameplakate, die Bodenbeläge, Partnervermittlungen und Immobilienzeitschriften anpriesen. Später, zwischen Vaugirard und Volontaires, öffnete Ferrer den Koffer, nahm den Katalog einer Auktion alter persischer Kunst heraus und blätterte darin bis zur Haltestelle Madeleine, wo er ausstieg.

Um die Madeleine-Kirche herum unterstützten elektrische Lichterketten die blassen Sterne über Straßen, die noch verlassener waren als die Metro. Die Schaufensterdekorationen der Luxusboutiquen erinnerten die abwesenden Passanten daran, dass das Leben nach den Jahresendfestlichkeiten weiterging. Ferrer umrundete die Kirche, ein Einzelgänger in seinem Mantel, und begab sich zu einer ungeraden Hausnummer der Rue de l'Arcade.

Um den Zahlencode zum Öffnen der Haustür zu finden, suchten sich seine Hände einen Weg unter die Oberbekleidung: die linke zum Adressbuch in der Innen-, die rechte zur Brille in der Brusttasche. Drinnen ging er am Aufzug vorbei und erstieg festen Schritts eine Dienstbotentreppe. Weniger aus der Puste, als ich gedacht hätte, gelangte er in den sechsten Stock und stand nun vor einer nachlässig ziegelrot überstrichenen Tür, deren Rahmen die Spuren von wenigstens zwei Einbruchsversuchen aufwies. Kein Name an dieser Tür, nur ein Foto, mit einer Reißzwecke befestigt, es war an den Ecken umgeknickt und zeigte den leblosen Leib von Manuel Montoliu, dem ex-peronistischen Matador, dem am 1. Mai 1992 nach seinem Comeback ein Tier namens Cubatisto den Leib aufgeklappt hatte wie ein Buch: Ferrer tippte zweimal leicht mit den Fingerspitzen auf das Bild.

Während er wartete, drückten sich die Nägel seiner rechten Finger leicht in die Innenseite des linken Unterarms, dicht über dem Handgelenk, dort, wo unter der Haut, die hier weißer ist als anderswo, zahlreiche Sehnen und blaue Adern verlaufen. Ebenso braun- wie langhaarig, nicht über dreißig und nicht unter einsfünfundsiebzig, lächelte ihn jetzt eine junge Frau an und schloss die Tür, die sie eben geöffnet hatte, wortlos hinter ihnen, Laurence. Und am nächsten Morgen gegen zehn brach Ferrer zum Atelier auf.

2

Sechs Monate später, wiederum gegen zehn, stieg derselbe Félix Ferrer vor Terminal B des Flughafens Roissy-Charles-de-Gaulle unter einer unschuldigen, gen Nordwest verhangenen Junisonne aus einem Taxi. Da Ferrer sehr früh dran war, hatte der Check-in für seinen Flug noch nicht begonnen: Eine knappe Dreiviertelstunde lang musste der Mann durch die Hallen streifen, vor sich ein Gepäckwagen mit einem Täschchen, einer Tasche und seinem Mantel, der für diese Jahreszeit zu schwer war. Nachdem er noch einen Kaffee getrunken, Papiertaschentücher und Aspirin-Sprudeltabletten gekauft hatte, hielt er nach einer stillen Ecke Ausschau, wo er in Ruhe warten könnte.

Er hatte einige Mühe, einen geeigneten Ort zu finden, was daran lag, dass ein Flughafen als solcher eigentlich nicht existiert. Das ist nur ein Durchgangsort, eine Schleuse, eine zerbrechliche Fassade inmitten einer Ebene, ein Aussichtspunkt, von Pisten umgürtet, über die Kaninchen mit kerosingeschwängertem Atem hoppeln, eine Drehscheibe, von Luftströmungen umweht, die unzählige Teilchen verschiedenster Herkunft mit sich tragen – Sandkörner aus allen Wüsten, Gold- und Glimmerschuppen aus allen Flüssen, Staub vulkanischen so gut wie radioaktiven Ursprungs, Pollen und Viren, Zigarrenasche und Reispuder. Hier einen friedlichen Ort zu finden, war nicht ganz leicht, doch schließlich entdeckte Ferrer im Tiefgeschoss des Terminals einen ökumenischen Andachtsraum, in dessen Vorzimmer man ungestört an nichts denken konnte. Hier schlug er ein wenig Zeit tot, gab dann sein Gepäck auf und schlenderte durch die zollfreie Zone, wo er keinerlei Spirituosen noch Tabakwaren noch Parfum noch sonst was kaufte. Das war keine Ferienreise. Es kam nicht in Frage, das Gepäck zusätzlich zu beschweren.

Kurz vor dreizehn Uhr ging er an Bord einer DC-10, in der ihn eine sphärengleiche, zum Zwecke der Beruhigung der Fluggäste ganz leise gestellte Musik zu seinem Platz geleitete. Ferrer faltete den Mantel, verstaute ihn zusammen mit dem Täschchen im Gepäckfach und begann es sich in dem winzigen Geviert, das ihm neben einem runden Fenster zugeteilt war, einzurichten: Sicherheitsgurt angelegt, Zeitungen und Zeitschriften auf dem Klapptisch, Brille und Schlafmittel griffbereit. Da der Nebensitz glücklicherweise unbesetzt blieb, konnte er ihn als Anbau nutzen.

Und dann ist es doch immer das Gleiche, man wartet ab, leiht den von Band abgespielten Ansagen ein zerstreutes Ohr, verfolgt die Sicherheitsvorführungen mit abwesendem Auge. Irgendwann setzt sich die Maschine in Bewegung, zunächst unmerklich, dann immer schneller, und startet nordwestwärts auf Wolken zu, die sie alsbald durchstößt. Durch sie hindurch erkennt Ferrer später, zu dem Fensterchen geneigt, eine Meeresfläche, besetzt mit einer Insel, die er nicht identifizieren kann, sodann eine Landfläche, diesmal mit einem See versehen, dessen Namen er nicht kennt. Er döst ein, verfolgt auf einem Bildschirm mit halber Aufmerksamkeit Filmtrailer, die er kaum bis zum Ende sehen kann, gestört vom Hin und Her der Stewardessen, die vielleicht auch nicht mehr die sind, die sie mal waren, er ist absolut allein.

Gemeinsam mit zweihundert anderen Passagieren in einen Flugzeugrumpf gepfercht, ist man tatsächlich isolierter als jemals sonst. Diese untätige Einsamkeit, so meint man, könnte vielleicht Anlass bieten, sein Leben zu überdenken und dem Sinn der Dinge, aus denen es besteht, nachzugrübeln. Man versucht es kurz, muss sich ein bisschen zwingen, treibt es dann aber nicht zu weit angesichts des inneren Monologs ohne Hand und Fuß, den man da zu Stande bringt, und lässt es lieber sein,

8

man schmiegt sich an den Sitz und wird steif, man würde gern schlafen, bittet die Stewardess um ein Glas, denn so kann man besser schlafen, dann bittet man sie um noch eins, um das Schlafmittel runterzuspülen: Und schläft.

In Montreal beim Aussteigen aus der DC-10 wirkte das Flughafenpersonal befremdlich weiträumig verstreut unter einem Himmel, der größer schien als der Himmel anderswo, der Greyhound-Bus war länger als Busse sonst, aber die Autobahn hatte wieder vertraute Dimensionen. In Quebec angelangt, nahm Ferrer ein Taxi der Marke Subaru zum Hafen, Abschnitt Küstenwachschiffe, Mole Nr. 11. Das Taxi setzte ihn vor einer Tafel ab, auf der mit Kreide geschrieben stand: FAHRTZIEL: ARKTIS, und zwei Stunden darauf stach der Eisbrecher NGCC *Des Groseilliers* gen hohen Norden in See.

3

Seit fünf Jahren, bis zu jenem Januarabend, der ihn das Einfamilienhaus in Issy verlassen sah, waren die Tage von Félix Ferrer samt und sonders nach demselben Schema abgelaufen. Um halb acht aufstehen, dann zehn Minuten auf der Toilette in Gesellschaft irgendeines Druckwerks, ob Essay über Ästhetik oder schlichter Prospekt, dann Zubereitung des Frühstücks mit wissenschaftlich präzise dosierten Vitaminen und Mineralsalzen für Suzanne und sich. Sodann vollzog er zwanzig Minuten Gymnastik und hörte dabei im Radio die Presseschau. Darauf weckte er Suzanne und lüftete das Haus.

Wonach Ferrer sich im Bad die Zähne putzte, bis Blut kam, ohne sich je im Spiegel zu betrachten, und dabei allerdings für nichts und wieder nichts zehn Liter kaltes Stadtwerkswasser ablaufen ließ. Dann wusch er sich, stets in derselben Reihenfolge, unveränderlich erst links, dann rechts und erst unten, dann oben. Dann rasierte er sich, stets in derselben Reihenfolge, unveränderlich erst rechte Wange, dann linke, Kinn, Unter-, dann Oberlippe, Hals. Und da Ferrer, diesem unveränderlichen Ritual unterworfen, sich allmorgendlich fragte, wie er ihm entkommen könnte, war auch diese Frage ein Bestandteil eben desselben Rituals geworden. Ohne sie je beantworten zu können, brach er um neun Uhr zum Atelier auf.

Dieses Atelier ist kein Atelier mehr. Es war wohl irgendwie eins, als Ferrer sich noch Künstler nannte und gern Bildhauer gewesen wäre, doch jetzt kann ihm allenfalls noch das Hinterzimmer seiner Galerie als Künstlerstudio dienen, seit er das Geschäft vorn für den Handel mit der Kunst anderer umgebaut hat. Es liegt im Erdgeschoss eines niedrigen Gebäudes im IX. Arrondissement, in einer Straße, die durch nichts dafür prädestiniert ist, eine Galerie zu beherbergen, einer belebten, für diesen Stadtbezirk ziemlich volksnahen Einkaufsstraße. Der Galerie genau gegenüber entsteht eine Großbaustelle, die sich noch im Stadium der Vorbereitungen befindet: Derzeit hebt man eine tiefe Baugrube aus. Ferrer kommt an und brüht sich einen Kaffee, schluckt zwei Aspirin, macht die Post auf, wirft den größten Teil weg, hantiert ein bisschen mit den herumliegenden Papieren und geduldet sich bis zehn Uhr, tapfer gegen die Lust auf die erste Zigarette ankämpfend. Dann öffnet er die Galerie und erledigt ein paar Anrufe. Gegen zehn nach zwölf, immer noch am Telefon, sucht er sich jemanden, mit dem er Mittag essen könnte: Er wird immer fündig.

Ab fünfzehn Uhr und den ganzen Nachmittag über hält Ferrer in der Galerie Wacht, bis neunzehn Uhr dreißig, dann ruft er Suzanne an, unweigerlich mit denselben Worten, warte nicht mit dem Essen, wenn du Hunger hast. Sie wartet immer, und um zweiundzwanzig Uhr dreißig liegt er neben ihr im Bett, Ehekrach jeden zweiten Abend, um dreiundzwanzig Uhr Zapfenstreich. Und ja, fünf Jahre lang war es so gelaufen, bis es sich an jenem 3. Januar so jäh geändert hatte. Alles sollte sich allerdings nicht ändern: Ein wenig ernüchtert, hätte Ferrer beispielsweise zugeben müssen, dass er sich in Laurences engem Badezimmer weiterhin erst rechts, dann links und erst unten, dann oben wusch. Aber er sollte ja nicht lange bei ihr wohnen, nach ein paar Tagen zog er ins Atelier um.

In diesem Atelier war der Staubsauger immer ein paar Runden im Rückstand; es bot den Anblick einer typischen Junggesellenhöhle, eines Verstecks verzweifelter Flüchtlinge, eines Erbteils, das brachliegt, während die Erben sich prügeln. Fünf Möbelstücke sorgten für ein Mindestmaß an Komfort, dazu gab es einen kleinen Tresor, dessen Zahlenkombination Ferrer seit langem vergessen hatte; die Küche, drei Meter lang, einen breit, enthielt einen mit Spritzern bestirnten Kochherd, einen bis auf zwei Stück schlaffes Gemüse leeren Kühlschrank und Regalbretter voll Konservendosen mit längst abgelaufenem Haltbarkeitsdatum. Da der Kühlschrank selten benutzt wurde, wucherte ein natürlicher Eisberg im Tiefkühlfach, das Ferrer, wenn der Eisberg zu Packeis zu werden drohte, einmal pro Jahr mit Hilfe eines Föns und eines Brotmessers freipickelte. Kalkablagerungen, Salpeter und schwärender Gips hatten das Helldunkel des Badezimmers erobert, die Kleiderkammer indessen beherbergte sechs dunkle Anzüge, eine Brigade weißer Hemden und ein Regiment Krawatten. Ferrer hat es sich zur Regel gemacht, seine Galerie tadellos gekleidet zu hüten, in der strengen, fast düsteren Aufmachung eines Politikers oder Bankfilialleiters.

In dem Zimmer, das als Aufenthaltsraum diente, erinnerte außer zwei Ausstellungsplakaten, einmal Heidelberg, einmal Montpellier, nichts an die künstlerische Vergangenheit des Galeristen. Allenfalls zwei unansehnliche, behauene, als Beistelltisch oder Fernsehmöbel dienende Marmorblöcke, die insgeheim, in ihrem tiefsten Inneren, nach wie vor die Formen bargen, die sie eigentlich eines Tages hätten gebären sollen. Ein Schädel hätte es werden können, ein Brunnen, ein Akt, aber dann hatte Ferrer es vorher aufgesteckt.

4

Das war jetzt also ein hundert Meter langer, zwanzig Meter breiter Eisbrecher: 13.600 Pferdestärken aus acht gekoppelten Dieselturbinen, Höchstgeschwindigkeit 16,20 Knoten, Tiefgang 7,16 Meter. Man hatte Ferrer eine Kajüte zugewiesen: an die Wände gedübelte Einrichtung, Waschbecken mit Fußhebel-Wasserhahn, Videoplayer, ins Kopfende der Ein-Mann-Koje geschraubt, und Bibel in der Nachttischschublade. Außerdem ein kleiner Ventilator, paradoxerweise, denn die Heizung stand auf volle Kraft und produzierte eine Mordshitze, über dreißig Grad, wie in allen Polareinrichtungen, egal ob Schiff, Raupenschlepperkabine oder Haus. Ferrer hängte seine Sachen in den Einbauschrank und legte ein Buch über Inuit-Skulpturen griffbereit neben die Koje.

Die Besatzung des *Des Groseilliers* bestand aus fünfzig Mann, dazu drei Frauen, die Ferrer sofort erspähte: eine junge, gefärbte Dralle, Aufseherin über die Anker, eine mit der Buchhaltung beauftragte Nägelkauerin und eine Krankenschwester mit idealtypischer Krankenschwesterfigur, diskret geschminkt, zurückhaltend gebräunt, unter ihrem Kittel leicht bekleidet, überdies für Bibliothek und Videothek zuständig und mit Vornamen Mireille. Da Ferrer bald die Gewohnheit annahm, Bücher und Filme bei ihr auszuleihen, hatte er nach wenigen Tagen begriffen, dass Mireille abends regelmäßig einen Funker mit kantigem Kinn, spitz zulaufender Nase und signalflaggenförmigem Schnurrbart aufsuchte. Wenig Hoffnung also in dieser Hinsicht, aber abwarten, abwarten, so weit sind wir noch nicht.

Am ersten Tag lernte Ferrer auf der Brücke die Kommandanten kennen. Der Kapitän sah aus wie ein Schauspieler und der Erste Offizier wie ein Animateur, weiter ging es jedoch nicht: Die anderen, Ober- und Unteroffiziere, wiesen keine Besonderheiten auf. Nachdem man sich miteinander bekannt gemacht und einander wenig zu sagen hatte, streifte Ferrer durch den geräumigen warmen Leib des Eisbrechers, wobei er sich von den verschiedenen Gerüchen leiten ließ. Auf den ersten Blick war es hier sauber und roch nach gar nichts, wenn man aber etwas genauer hinschnupperte, nahm man nacheinander folgende olfaktorische Schemen wahr: Diesel, heißgelaufenes Schmieröl, Tabak, Erbrochenes und komprimierten Müll, dann, bei noch näherer Erforschung, schwebende Schwaden aus schmutzig-schimmliger Feuchtigkeit, brackigem Abfluss, tiefgründigem Siphongestank.

Lautsprecher brummelten Anweisungen, Männer kicherten hinter halb geöffneten Türen. Auf seinem Weg durch die Gänge begegnete Ferrer, ohne mit ihnen zu reden, verschiedenen Besatzungsmitgliedern, Stewards und Mechanikern, die kaum an die Anwesenheit von Nicht-Profis gewöhnt und ohnedies viel zu beschäftigt waren: Neben ihren Aufgaben bei der Navigation arbeiteten die meisten den ganzen Tag lang auf den Unterdecks des Schiffs in weiträumigen Mechanik- und Elektrowerkstätten voll riesenhaften Werkzeugmaschinen und winzig kleinen, zerbrechlichen Instrumenten. Er konnte nur ein paar Worte mit einem schüchternen jungen Matrosen wechseln, empfindsam und muskelbepackt war er und machte ihn auf einige vorbeifliegende Vögel aufmerksam. Ein Schneehuhn zum Beispiel, Eiderenten, von denen man die Eiderdaunen gewinnt, den Eissturmvogel, auch Fulmar genannt, und ich glaube, das war's mehr oder weniger.

Das war's mehr oder weniger, die fettreichen Mahlzeiten wurden zu festen Zeiten eingenommen, und allabendlich war die Bar nur eine halbe Stunde lang geöffnet, für ein, zwei Bier. Nachdem der erste Tag mit den Entdeckungen, die er zu bieten hatte, vergangen war, begann bereits ab dem nebelverhangenen

Folgetag die Zeit seltsam auszufransen. Durch die Luke seiner Kajüte sah Ferrer rechter Hand Neufundland vorübergleiten, dann fuhr man unter der Küste von Labrador entlang, bis zur Davis Bay und der Hudsonstraße, ohne dass jemals das Brummen der Motoren zu hören gewesen wäre.

Die reglose Luft um hohe, lilastichig-ockerbraune Klippen war eiskalt, also schwer, und lastete mit all ihrem Gewicht auf einem ebenfalls reglosen Meer von sandig-gelbgrauem Farbton: Nicht ein Windhauch, nicht ein Schiff, bald so gut wie kein Vogel mehr, der es mit einer Bewegung belebt hätte, keinerlei Geräusch. Die öde, mit Moos und Flechten besetzte, an schlecht rasierte Wangen erinnernde Küste stürzte abrupt senkrecht ins Wasser ab. Durch den gleichförmigen Nebel hindurch ahnte man mehr, als dass man sie sah, die Flanken der Gletscher, die unmerklich langsam von den Gipfeln herabflossen. Die Stille war vollkommen, bis man auf das Packeis traf.

Da es anfangs noch recht dünn war, verfolgte der Eisbrecher seinen Kurs zunächst ungehindert. Dann wurde es rasch zu dick, als dass er so hätte fortfahren können. Von hier an schob er sich aufs Eis hinauf, um es mit seinem Gewicht zu zerdrücken: Es barst, riss in alle Richtungen auf, so weit das Auge reichte. Unten im Bug des Schiffs, sechzig Millimeter Metall zwischen sich und dem Geschehen, lauschte Ferrer dem Geräusch, das dabei entstand, der Tonspur eines Spukschlosses: Scharren, Kreischen und Fauchen, hallende Bässe und Quietschen in allen Tonlagen. Aber als er wieder an Deck war, nahm er nur noch ein sehr leises, ununterbrochenes Knistern wahr, wie von einem Stoff, der widerstandslos über reglosen, geräuschlosen Atom-U-Booten zerreißt, die still am Meeresgrund liegen und in denen man beim Kartenspiel mogelt und vergeblich neuer Befehle harrt.

So ging es weiter, die Tage verstrichen. Man begegnete niemandem, nur einmal einem anderen Eisbrecher derselben Baureihe. Man hielt für eine Stunde auf einer Höhe mit ihm an, brach wieder auf, nachdem die Kapitäne Karten und Aufzeichnungen ausgetauscht hatten, aber das war alles. Dies sind Landschaften, in die praktisch nie jemand vordringt, dabei erheben nicht wenige Länder Anspruch auf sie: Skandinavien, weil von dort die ersten Entdecker in die Gegend kamen, Kanada wegen der Nähe und die USA wegen der USA. Zwei-, dreimal waren an den Ufern von Labrador verlassene Dörfer zu sehen, ursprünglich von der Zentralregierung zum Nutzen der Eingeborenen errichtet und vollständig ausgestattet, von der Generatoranlage bis zur Kirche. Da sie aber nicht den Bedürfnissen der Einheimischen angepasst waren, hatten diese alles demoliert, stehen und liegen gelassen und waren weggegangen, sich umbringen. Neben ausgeweideten Baracken hingen hier und da noch ein paar vertrocknete Robbengerippe von hohen Gestellen herunter, Überreste der auf diese Weise vor den Eisbären geschützten Nahrungsvorräte.

Das war interessant, das war leer und grandios, aber nach ein paar Tagen auch ein klein wenig eintönig. Also wurde Ferrer ein intensiver Kunde der Bibliothek, wo er die Klassiker der Polarforschung – Greely, Nansen, Barents, Nordenskjöld – und Videos aller Art auslieh, *Rio Bravo, Rattennest* natürlich, aber auch *Perverse Kassiererinnen* oder *Au Pair der Lust*. Die letztgenannten Werke lieh er erst aus, als er von Mireilles Verbindung mit dem Funker wusste; da er sich bei der Krankenschwester keine Chancen mehr ausrechnete, fürchtete er auch nicht mehr, bei ihr in Misskredit zu geraten. Vergebliche Skrupel: Mit unveränderlichem, mütterlich duldsamem Lächeln trug Mireille ebenso gleichmütig *Die vier apokalyptischen Reiter* wie *Stopf uns die Löcher* ins Ausleihverzeichnis ein. Derart beruhigend, ermutigend war dieses Lächeln, dass Ferrer bald ohne Zurückhaltung alle zwei Tage leicht zu simulierende Malessen erfand – Kephalalgien, Muskelkater – und krankenschwesterlichen Beistand verlangte, Kompressen, Massagen. Zunächst lief das ganz gut.

18

5

Was sehr viel weniger gut lief, das waren die Geschäfte der Galerie ein halbes Jahr zuvor. Zu der Zeit, von der ich rede, sieht es auf dem Kunstmarkt nämlich nicht gerade berauschend aus, was nebenbei genauso für Ferrers letztes EKG gilt. Er hat bereits kleinere Herzanfälle erlitten, dann einen leichten Infarkt ohne weitere Konsequenzen, als dass er seither aufs Rauchen verzichten muss; da ist Feldman, sein Kardiologe, gnadenlos. Glich sein durch Marlboros rhythmisiertes Leben bislang dem Erklimmen eines Seils mit Knoten darin, so muss er jetzt endlos stets dasselbe glatte Seil hinauf.

In den letzten Jahren hatte Ferrer sich einen kleinen Vorrat an Künstlern zugelegt, die er regelmäßig besuchte, die er eventuell beriet, die er jedenfalls störte. Keine Bildhauer aus seinem früheren Leben, sondern natürlich Maler wie Beucler, Spontini, Gourdel und vor allem Martinov, der in der letzten Zeit ganz gut ankommt und nur in Gelb arbeitet, dazu ein paar Objektkünstler. Zum Beispiel Eliseo Schwartz, der sich auf Extremtemperaturen spezialisiert hatte und in sich geschlossene Windmaschinen entwarf (Warum nicht mit Ventilen, regte Ferrer an. Ein, zwei Ventile?), dann Charles Esterellas, der hie und da Hügelchen aus Puderzucker und Talkum aufschüttete (Ist das Ganze nicht vielleicht ein bisschen farblos, wagte Ferrer einzuwenden, hm?), Marie-Nicole Guimard, die Insektenstiche vergrößerte (Kannst du dir dasselbe auch mit Raupen vorstellen? fantasierte Ferrer. Oder mit Schlangen?), und Ražputek Fracnatz, der ausschließlich über das Thema Schlaf arbeitete (Trotzdem, mach lieber mal halblang mit den Barbituraten, sorgte sich Ferrer). Aber derzeit wollte niemand mehr so richtig was von diesen Sachen wissen, und zudem machten diese Künstler – vor allem Ražputek –, von Ferrer aus dem Schlaf geschreckt, ihm irgendwann klar, dass seine Besuche unerwünscht waren. Egal, all das verkaufte sich sowieso nicht mehr gut. Vorbei die Zeit, wo die Telefone ständig schrillten, die Faxgeräte unablässig spuckten, wo Galerien aus aller Welt sich um Neuigkeiten von seinen Künstlern rissen, nach Künstleraussagen verlangten, nach Künstlerbiografien und Künstlerfotografien, Künstlerkatalogen und Künstlerausstellungsprojekten. Es hatte ein paar ganz lustige heiße Jahre gegeben, in denen sie sich alle problemlos betreuen ließen, man beschaffte ihnen Stipendien in Berlin, Stiftungsgelder aus Florida oder Pöstchen an Kunstschulen in Straßburg und Nancy. Aber mit dieser Mode schien es bergab zu gehen, die Goldgrube war erschöpft.

Da er nicht mehr genug Sammler überreden konnte, solche Werke zu kaufen, und außerdem beobachtete, dass offenbar ethnische Kunst im Kommen war, hatte Ferrer seit einiger Zeit seine Aktivitäten verlagert. Er wandte sich diskret von den Objektkünstlern ab, kümmerte sich natürlich weiterhin um die Maler, vor allem um Gourdel und Martinov – dieser in vollem Aufschwung, jener ganz klar im Niedergang begriffen –, aber er plante, seine Bemühungen vor allem auf traditionellere Formen zu richten. Bantu-Kunst, Bambara-Kunst, Kunst der Great-Plains-Indianer und all so was. Als Berater bei seinen Ankäufen hatte er sich der Dienste eines kompetenten Informanten namens Delahaye versichert, der außerdem drei Nachmittage pro Woche die Galerie hütete.

Den beruflichen Qualitäten Delahayes zum Trotz sprach sein Äußeres gegen ihn. Delahaye ist ein vollständig aus Kurven bestehender Mann. Gebeugtes Rückgrat, schlaffes Gesicht und asymmetrischer, ungepflegter Schnurrbart, der, obschon unterschiedlich dicht, dennoch die Oberlippe gänzlich verbirgt und sogar in den Mund hineinwuchert, ja, manche Haare sprießen in entgegengesetzte Richtung, bis in die Nasenlöcher hinauf; dieser Bart ist zu lang, er sieht falsch aus, als wäre er angeklebt.

Delahayes Bewegungen wirken wellenförmig, gerundet, sein Gang ist ebenso schwankend wie der seiner Gedanken, sogar die Bügel seiner Brille sind verbogen und die Gläser hängen auf verschiedenen Etagen, kurz, es gibt an ihm nichts Gerades. Halten Sie sich doch ein bisschen aufrecht, sagte Ferrer manchmal, wenn er es nicht mehr sehen konnte. Der andere tat nichts dergleichen, na gut, was soll's.

In den ersten Monaten nach seinem Fortgang aus dem Einfamilienhaus in Issy hatte Ferrer die neue Ordnung seines Lebens durchaus genossen. Da er bei Laurence über ein eigenes Handtuch, eine Kaffeeschale und ein Eckchen im Schrank verfügte, plante er zunächst, alle Nächte bei ihr in der Rue de l'Arcade zu verbringen. Und dann lässt es allmählich nach: Erst nur noch jede zweite Nacht, dann jede dritte, bald nur noch jede vierte, in den anderen schläft Ferrer in der Galerie, erst allein, dann nicht mehr ganz so allein, bis Laurence eines Tages: Hau jetzt ab, verschwinde, zu ihm sagt, pack deinen Krempel und zieh Leine.

Gut, in Ordnung, sagt Ferrer (ist mir eigentlich auch schnuppe). Doch nach einer kalten, einsamen Nacht hinten in der Galerie treibt es ihn früh aus dem Bett, und jetzt gerade drückt er die Tür des nächstgelegenen Maklerbüros auf. So geht das nicht weiter, immer in diesem mistigen Atelier. Man schlägt ihm vor, eine Wohnung in der Rue d'Amsterdam zu besichtigen, die sei ganz was anderes. So eine à la Haussmann, Sie wissen schon, sagt der Makler: Stuckdecken, Fischgrätparkett, zwei Wohnzimmer, zwei Eingänge, verglaste Doppeltüren, Marmorkamine, darüber hohe Spiegel, weitläufige Flure, Dienstmädchenzimmer und drei Monate Kaution. Gut, in Ordnung, sagt Ferrer (ich nehme sie).

Er richtet sich ein, binnen einer Woche hat er ein paar Möbel zusammengekauft und Gas- und Wasserleitungen nachsehen lassen. Als er sich eines Abends endlich ein bisschen zu Hause fühlt, einen der neuen Sessel einsitzt, ein Glas in der Hand, den Blick auf dem Fernseher, da klingelt es, es ist Delahaye, ganz unverhofft. Ich schaue nur kurz rein, sagt Delahaye, ich wollte nur schnell was erzählen, ich störe doch nicht? Eigentlich erlauben Delahaye weder seine Körpergröße noch sein Körperumfang, beide reduziert, etwas oder jemanden hinter sich zu verbergen, aber diesmal scheint da hinter seinem Rücken im Zwielicht des Treppenhauses doch jemand zu sein. Ferrer stellt sich diskret auf die Zehenspitzen. Ja, sagt Delahaye und dreht sich um, Entschuldigung. Ich komme mit einer Freundin, sie ist etwas scheu. Dürfen wir?

Es gibt, wie jeder beobachten kann, Menschen mit botanischem Äußeren. Manche erinnern an Laub, an Bäume oder Blumen: Sonnenblume, Binse, Baobab. Delahaye zum Beispiel, stets schlecht gekleidet, sieht aus wie eines jener anonymen, grauen Gewächse, die in Städten sprießen, zwischen den freiliegenden Pflastersteinen im Hof eines nicht mehr genutzten Warenlagers, oder in den tiefen Rissen einer zerbröselnden Fassade. Kümmerlich, schlaff, unscheinbar, aber zäh, spielen sie – und wissen das – nur eine kleine Rolle im Leben, aber an der halten sie fest.

Während also Delahayes Anatomie ebenso wie sein Verhalten und sein konfuser Redefluss an ein störrisches Unkraut erinnern, schlägt die Freundin, die ihn begleitet, in eine andere botanische Richtung. Victoire heißt sie, auf den ersten Blick eine schöne, bescheidene Pflanze, doch dann ist sie eher wild als nur schmückend oder zierlich, eher Stechapfel als Mimose, weniger still denn stachlig; kurz, offenbar keine unbedingt bequeme Zeitgenossin. Wie auch immer, Ferrer weiß sofort, dass er sie nicht aus den Augen verlieren wird; natürlich, sagt er, kommen Sie herein. Danach leiht er Delahayes wirren Berichten nur ein mäßig aufmerksames Ohr und tut stattdessen alles, um sich ohne jede äußerlich sichtbare Anstrengung vor ihr interessant zu machen und ein Maximum an Blicken aufzufangen. Erst scheint das verlorene Liebesmüh zu sein, alles andere als ein leichtes Spiel, aber man kann ja nie wissen. Dabei könnte das, was Delahaye an jenem Abend berichtet, besser erzählt durchaus nicht uninteressant sein.

Am 11. September 1957, führt er aus, havarierte im äußersten Norden Kanadas ein kleines Handelsschiff namens *Nechilik* an der Küste des Mackenzie-Distrikts, wo genau, ist bis heute nicht bestimmbar. Die *Nechilik* war zwischen Cambridge Bay und Tuktoyaktuk unterwegs gewesen, eine Ladung Fuchs-, Bären- und Seehundfelle an Bord, überdies einiges an regionalen Antiquitäten, die als äußerst selten gelten dürfen. Sie war auf ein Riff aufgelaufen, lag manövrierunfähig da, und das Packeis hatte sie bald fest im Griff. Um den Preis einiger erfrorener Gliedmaßen flohen die Männer der Besatzung zu Fuß von dem lahmgelegten Schiff und erreichten nur mit großer Mühe die nächste Handelsniederlassung, wo ein paar dieser Gliedmaßen amputiert werden mussten. In den Wochen danach hatte die Hudson's Bay Company trotz des beträchtlichen Wertes der Ladung auf jeden Bergungsversuch verzichtet, entmutigt durch die Abgeschiedenheit der Region.

All diese Dinge, die er selber gerade erfahren hatte, berichtete Delahaye. Man hatte ihm sogar angedeutet, bei genauer Recherche ließen sich vielleicht Details zur exakten Position der *Nechilik* ausfindig machen. Das war freilich Glückssache, aber falls man es anpackte, versprach es ziemlich interessant zu werden. Klassischerweise gelangt man ja über vier oder fünf Etappen an ein traditionelles Kunstwerk oder eine ethnische Antiquität. Zunächst entdeckt in aller Regel irgendein Eingeborener das Objekt; dann ist der örtliche Strippenzieher dran, der in der Gegend den Handel mit dergleichen kontrolliert; dann der in der betreffenden Branche darauf spezialisierte Zwischenhändler; schließlich der Galerist und dann der Sammler, die beiden letzten Glieder in der Kette. All diese Leute wollen natürlich Profit aus der Sache schlagen, wodurch sich der Preis des Objekts auf jeder Stufe mindestens verdreifacht. Wenn also im Fall der *Nechilik* ein Zugriff möglich sein sollte, dann würde man direkt vor Ort operieren, unter Umgehung all dieser Zwischenstationen: So ließe sich viel gewinnen, Zeit und Geld.

Doch an jenem Abend schenkte Ferrer diesem Bericht zugegebenermaßen keine große Aufmerksamkeit, allzu abgelenkt durch Victoire, ohne im Entferntesten zu ahnen, dass sie in einer Woche bei ihm einziehen würde. Hätte man ihm das gesagt, er wäre entzückt gewesen, allerdings wahrscheinlich nicht ohne einen Hauch von Sorge zu empfinden. Hätte man ihm überdies verraten, dass sie alle drei, die an diesem Abend zusammensaßen, noch vor Ende des Monats verschwunden sein würden, jeder auf seine Art, er selbst inklusive, so hätte das seine Sorge durchaus noch gesteigert.

6

Der Tag, an dem jemand den Polarkreis zum ersten Mal überquere, werde normalerweise festlich begangen. Das teilte man Ferrer wie nebenbei mit, in scherzhaftem, leicht einschüchterndem Tonfall, aus dem etwas Unausweichliches, Initiatorisches sprach. Er ignorierte die Drohung indessen, weil er dachte, dies Ritual sei dem Äquator vorbehalten, den Tropen. Doch nein: So etwas wird auch in der Kälte gefeiert.

Am entsprechenden Morgen also drangen drei als Sukkubi verkleidete Matrosen johlend in seine Kajüte ein, verbanden ihm die Augen und schleppten ihn dann im Sturmschritt durch ein Labyrinth von Gängen bis zum für den Anlass schwarz verhängten Sportraum. Dort wurde ihm die Augenbinde abgenommen: Auf einer zentralen Bühne thronte Poseidon in Gegenwart des Kapitäns und einiger subalterner Offiziere. Krone, Umhang und Dreizack, Taucherflossen an den Füßen: Poseidon wurde vom Chefsteward dargestellt, zu seiner Seite die Nägelkauerin in der Rolle der Amphitrite. Der Meeresgott gebot Ferrer augenrollend, sich vor ihm niederzuwerfen, ihm diverse Albernheiten nachzusprechen, den Gymnastikraum mit einem 20-Zentimeter-Lineal auszumessen, einen Schlüsselbund mit den Zähnen aus einer Schüssel Tomatenketchup zu fischen und andere unschuldige Schikanen mehr. Während Ferrer seine Kunststückchen absolvierte, kam es ihm die ganze Zeit so vor, als würde Poseidon verstohlen Amphitrite beschimpfen. Schließlich ließ der Kapitän eine kleine Rede vom Stapel und händigte Ferrer sein Taufzeugnis aus.

Nachdem man also dies und den Polarkreis hinter sich ge-

25

bracht hatte, kamen die ersten Eisberge in Sicht. Aber nur in einer gewissen Entfernung: Eisbergen gehen Schiffe lieber aus dem Weg. Mal drifteten sie einsam vorüber, mal lagen sie in Trupps reglos da, eine Armada vor Anker, manche von ihnen glatt und glänzend, ganz aus unbeflecktem Eis, andere dreckig, von den Moränen schwarz und gelb beschmutzt. Ihre Silhouetten ähnelten Tieren im Profil oder geometrischen Figuren, ihre Größe variierte zwischen der Place Vendôme und dem Champ-de-Mars. Dennoch wirkten sie zurückhaltender, abgenutzter als ihre antarktischen Gegenstücke, die sich in riesigen, tafelförmigen Blöcken nachdenklich fortbewegen. Und sie waren schroffer, asymmetrisch und zerklüftet, als hätten sie eine schlechte Nacht gehabt und sich im Bett herumgewälzt.

In den Nächten, in denen auch Ferrer schlecht schlief, stand er auf und ging hoch zur Brücke, um die Zeit gemeinsam mit den Wachhabenden totzuschlagen. Die ringsum verglaste Brücke war weitläufig und so leer wie eine Bahnhofshalle vor Tagesanbruch. Unter der schläfrigen Aufsicht eines Offiziers wechselten sich zwei Steuermänner alle Viertelstunden am Ruder ab, vor Konsolen, Sonden und Radar, den Blick fest auf den künstlichen Horizont gerichtet. Ferrer setzte sich in einer Ecke auf den dicken Teppichboden. Er schaute auf die von mächtigen Scheinwerfern erhellte Landschaft, auch wenn es da im Grunde wenig zu sehen gab, nichts als unendliches Weiß vor dem Schwarz der Nacht, derart wenig, dass es manchmal fast zu viel war. Zum Zeitvertreib konsultierte er die Kartentische, das GPS und die Wetterberichts-Faxe. Von den Wachhabenden rasch eingewiesen, vertrieb er sich die Zeit manchmal damit, dass er sämtliche Funkfrequenzen abhörte, was auch wieder eine Viertelstunde dauerte, das ist doch schon mal was.

Eigentlich gab es nur einmal ein besonderes Vorkommnis, als man nämlich aus technischen Gründen mitten im Packeis anhielt. Eine Strickleiter wurde ausgeworfen, auf deren Sprossen sich sofort Miniaturgebirge aus Eiskristallen bildeten, und Ferrer kletterte hinab, er wollte sich ein bisschen umschauen.

Stille nach wie vor, kein Geräusch außer seinen vom Schnee gedämpften Schritten und dem Atem des Windes, ein-, zweimal auch dem Schrei eines Kormorans. Trotz der Vorschriften entfernte Ferrer sich ein wenig vom Schiff und entdeckte einen Trupp Walrosse, die sich schlafend auf einer Eisscholle aneinander schmiegten, alte, monogame Walrosse in Begleitung ihrer Gefährtinnen, kahlköpfig, schnauzbärtig, von ihren Kämpfen narbenübersät. Von Zeit zu Zeit schlug eines der Weibchen ein Auge auf, fächelte sich mit der Flossenspitze zu und schlief wieder ein. Ferrer ging zurück an Bord.

Dann lief alles endlos weiter wie gehabt. Nur ein einziges Mittel gab es, um die Langeweile zu bekämpfen: die Zeit in Scheibchen schneiden wie eine Wurst, sie in Tage einteilen (X minus 7, X minus 6, X minus 5, wobei X = Tag der Ankunft), aber auch in Stunden (Ich habe ein bisschen Hunger: X minus 2, wobei X = Mittagessenszeit), in Minuten (Ich habe Kaffee getrunken: Üblicherweise X minus 7 oder 8, wobei X = Zeitpunkt des Toilettenbesuchs) und sogar in Sekunden (Einmal die Brücke rauf und runter: rund 30 Sekunden; zwischen dem Moment, in dem ich diesen Gang beschließe, und dem, in dem ich ihn tue, kriege ich eine Minute klein). Kurz, man braucht nur wie im Gefängnis die Dauer von allem, womit man sich beschäftigt – Essen, Videofilme, Kreuzworträtsel oder Comics –, zu quantifizieren und die Teile zu zählen, schon ist die Langeweile im Keim erledigt. Natürlich kann man auch überhaupt nichts tun, einen Vormittag lang in T-Shirt und Unterhose vom Vortag in der Koje liegen und lesen und sich erst hinterher waschen und anziehen. Da vom Packeis her blendende, brutale Helligkeit durch das Kajütenfenster fällt, den gesamten Raum durchflutet und wie eine Operationslampe keinerlei Schatten wirft, hängt man ein Handtuch vor die Öffnung, und wartet.

Aber es gibt schon noch andere kleine Zerstreuungen: die regelmäßige Inspektion der Kajüte durch den Chefmechaniker und den Sicherheitsoffizier, die Evakuierungsübungen und das exakt gestoppte Anziehen des mit einem Thermostat ausgerüsteten, selbstaufblasenden Überlebensanzugs. Ebenso kann man möglichst häufig Besuche bei der Krankenschwester Mireille einbauen, kann ihr ein bisschen den Hof machen, wenn der Funker auf seinem Posten und daher keine Gefahr im Verzug ist, kann ihr Komplimente machen über ihre Fachkompetenz, ihr schönes Äußeres, die attraktive, in diesem Klima überraschende Bräune. So erfährt man zum Beispiel, dass in sonnenfernen Gebieten dem weiblichen Personal zur Vermeidung von Depressionen oder Schlimmerem die Segnungen von vier Stunden UV-Strahlen pro Woche zustehen, per Tarifvertrag.

Die restliche Zeit über herrscht Sonntag, ein ewigwährender Sonntag, dessen Filzpantoffelstille eine Distanz zwischen den einzelnen Geräuschen schafft, zwischen den Dingen, ja zwischen den Momenten: Das Licht zieht den Raum zusammen, die Kälte verlangsamt die Zeit. Man könnte ganz benommen werden hier in diesem körperwarmen Mutterleib des Eisbrechers, man kommt gar nicht mehr auf die Idee, sich zu bewegen, so eingerostet ist man bald, seit der Polarkreisüberquerung hat man keinen Fuß mehr in den Sportraum gesetzt, tatsächlich begegnet man einander vor allem zu den Mahlzeiten.

7

Mit ihrer punktkleinen Pupille auf elektrisch-grüner Iris, grün wie früher die Augen der Radioapparate, kühl lächelnd, aber immerhin lächelnd, zog Victoire also in der Rue d'Amsterdam ein. Sie hatte nicht viel Gepäck dabei, nur ein Köfferchen und eine Tasche, die sie in den Eingang stellte, so, wie man im Bahnhof etwas für eine Stunde in der Gepäckaufbewahrung abgibt. Dazu noch im Badezimmer ihre Zahnbürste nebst einem winzigen Etui mit drei zusammenklappbaren Requisiten und drei Kosmetikpröbchen. Den Großteil ihrer Zeit verbrachte sie lesend in einem Sessel, vor dem Fernseher, der ohne Ton lief. Ansonsten erzählte sie wenig von sich, jedenfalls so wenig wie möglich, und beantwortete Fragen mit Gegenfragen. Sie schien stets auf der Hut zu sein, sogar wenn keinerlei äußere Bedrohung das rechtfertigte, obwohl: Ihr ständig misstrauischer Blick war auf die Dauer durchaus geeignet, Aggressionen zu wecken. Wenn Ferrer Gäste hatte, wirkte sie stets, als gehörte sie zu ihnen, er war schon darauf gefasst, sie wie die anderen gegen Mitternacht aufbrechen zu sehen, doch sie blieb, sie blieb.

Seit Victoire bei Ferrer lebte, kam auch Delahaye öfter vorbei, ungepflegt wie eh und je. Als er eines Abends in noch skandalöserer Aufmachung als sonst in der Rue d'Amsterdam ankam – formlos schlabbernder Parka über grüner Jogginghose –, schien es Ferrer an der Zeit, ihn bei seinem Aufbruch darauf anzusprechen. Er hielt ihn kurz auf dem Treppenabsatz zurück, nehmen Sie es mir nicht krumm, Delahaye, und machte ihm klar, dass er sich doch vielleicht etwas besser kleiden solle, wenn er in die Galerie ging, dass ein Kunsthändler auf sein Äußeres achten müsse, Delahaye blickte ihn verständnislos an.

Versetzen Sie sich in die Lage des Sammlers, fuhr Ferrer leise und eindringlich fort und drückte wieder auf den Knopf der Treppenhausbeleuchtung. Dieser Sammler will ein Bild von Ihnen kaufen. Er weiß noch nicht recht. Sie wissen doch, wie das für ihn ist, ein Bild zu kaufen, Sie wissen, was für eine Angst er hat, Geld zu verlieren, Angst, etwas zu verpassen, Angst, van Gogh zu übersehen, Angst davor, was seine Frau sagen wird, all so was. Er hat solche Angst, dass er das Bild gar nicht mehr sieht. Er sieht nur noch Sie, den Händler, und was der Händler anhat. Das heißt, er überträgt Ihre äußere Erscheinung auf das Bild, verstehen Sie. Wenn Sie miserabel angezogen sind, sieht er Ihre ganze Misere auf dem Bild. Und wenn Sie tadellos gekleidet sind, genau das Gegenteil, und das ist gut für das Bild, und das ist gut für alle Beteiligten und vor allem für uns, begreifen Sie?

Ja, hatte Delahaye gesagt, ich glaube schon. Gut, hatte Ferrer gesagt, also bis morgen. Glaubst du, er hat das verstanden? fragte er danach, ohne Hoffnung auf Antwort, und Victoire war schon ins Bett gegangen. Ferrer machte in allen Zimmern das Licht aus, bis er im dunklen Schlafzimmer ankam, und am nächsten Nachmittag erschien er in der Galerie, in einem kastanienbraunen Tweedanzug, dunkel- auf hellblau gestreiftem Hemd und Strickkrawatte in braun und gold. Delahaye war schon da, kaum rasiert, immer noch in demselben Zeug, nur noch zerknautschter als am Abend, man könnte meinen, er trägt das auch im Bett, wenn man nur schon dieses Hemd sieht.

Ich glaube, mit der *Nechilik* geht es voran, sagt Delahaye. Mit der was? fragt Ferrer. Na mit dem Schiff da, sagt Delahaye, Sie wissen doch, der Antiquitätenkahn. Ich glaube, ich habe Informanten aufgetan. Ach ja, sagt Ferrer zerstreut, von der Türglocke abgelenkt. Aufgepasst, flüstert er, da kommt jemand. Réparaz.

Réparaz ist bekannt, ein Stammkunde. Er verdient wahnsinnig viel Geld mit einer Firma, in der er sich wahnsinnig langweilt, es ist ja auch nicht jeden Tag gleich erheiternd, das Weltmonopol auf Klettverschlüsse zu besitzen. Sein einziges kurzes Vergnügen besteht darin, Kunstwerke zu kaufen. Auch hat er es gern, wenn er beraten wird, wenn man ihn auf neue Tendenzen aufmerksam macht, wenn man ihn zu Künstlern mitnimmt. Als Ferrer ihn eines Tages ins Atelier eines Kupferstechers nahe der Porte de Montreuil führte, zeigte sich Réparaz, der das VII. Arrondissement sonst nur verlässt, um im Privatjet nach Übersee zu fliegen, beim Durchqueren des XI. begeistert. Welch eine Architektur, was für eine exotische Bevölkerung, unglaublich, das könnte ich jeden Sonntag mit Ihnen machen. Toll. Da hat unser Réparaz mal was erlebt. Allerdings ist er ein Zauderer. Im Moment umkreist er einen großen, ziemlich kostspieligen gelben Martinov in Acryl, tritt darauf zu, entfernt sich wieder, tritt wieder darauf zu usw. Aufgepasst, sagte Ferrer zu Delahaye, immer noch flüsternd, jetzt kriegen Sie etwas zu sehen. Ich komme ihm auf die Widerspruchstour, darauf fallen alle rein.

Na, meinte er, indem er sich dem Martinov näherte, gefällt Ihnen das? Er hat was, sagte Réparaz, er hat wirklich was. Ich finde das, na ja, wie soll ich sagen. Ich weiß, ich weiß, sagte Ferrer. Aber offen gesagt, das ist nichts Besonderes, wirklich nicht das Beste aus der Serie (es ist eine Serie, müssen Sie wissen), und sowieso, es ist noch nicht mal ganz fertig. Außerdem, unter uns, dieser Martinov ist ein bisschen überteuert. Ach ja, meinte der andere, ich finde, dieses Gelb ist wirklich dynamisch. Ja, ja, gestand Ferrer ihm zu, es ist nicht schlecht, das will ich gar nicht sagen. Aber trotzdem, bezahlen Sie das nicht über Wert. An Ihrer Stelle würde ich mir eher mal das da anschauen, er deutete auf ein Werk aus vier hellgrün gestrichenen, in einer Reihe angeordneten Aluminiumquadraten, das hinten in einer Ecke der Galerie lehnte. Das da ist interessant. Das wird bald sehr begehrt sein, und jetzt ist es noch bezahlbar. Und außerdem, sehen Sie, wie hell das ist? Schlicht ist das. Licht ist das.

Trotzdem, ein bisschen dünn, oder, findet der Unternehmer. Ich meine, man bekommt nicht gerade viel zu sehen. Auf den ersten Blick, sagte Ferrer, kann man das so auffassen. Aber so was können Sie mit nach Hause nehmen und an die Wand hängen, das ist wenigstens nicht so aggressiv. Das zählt doch auch. Ich werde mal darüber nachdenken, sagte Réparaz im Gehen, ich komme mit meiner Frau wieder vorbei. Die Sache ist gebongt, sagte Ferrer zu Delahaye, Sie werden sehen. Todsicher nimmt er den Martinov. Manchmal muss man ihnen reinreden. Damit sie denken, sie treffen ihre Entscheidungen selber. Da kommt ja schon der nächste.

Der nächste war achtundvierzig Jahre alt, trug eine Samtweste, ein fliegengroßes Bärtchen unter der Unterlippe und einen in Packpapier gewickelten Blendrahmen unter dem Arm: ein lächelnder Maler namens Gourdel, den Ferrer seit zehn Jahren vertrat. Er brachte ein Bild und wollte hören, was es Neues gab.

Es läuft nicht besonders, informierte Ferrer ihn mit erschöpfter Stimme. Du erinnerst dich an Baillenx, der eins von deinen Bildern genommen hatte. Er hat es mir zurückgebracht, er will dein Bild nicht mehr, ich habe es wieder zurücknehmen müssen. Und dann war da Kurdjian, du weißt doch, der hatte vielleicht kaufen wollen. Kurz gesagt, er will nicht mehr, er kauft lieber einen Amerikaner. Und deine beiden Großformate, die ich vorn gezeigt habe, die sind weggegangen, aber zu einem lächerlichen Preis, nein, es läuft wirklich nicht besonders. Gut, sagt Gourdel und wickelt schon deutlich weniger lächelnd sein Werk aus, ich habe das hier mitgebracht.

Man muss aber auch sagen, du bist nicht ganz unschuldig, sagt Ferrer ohne einen Blick auf das Objekt. Du hast alles versiebt, weil du vom Abstrakten zum Figürlichen gewechselt bist, ich habe meine Strategie für deine Sachen von Grund auf umstellen müssen. Du weißt selbst, wie problematisch das ist, ein Künstler, der die ganze Zeit was Neues bringt, die Leute haben bestimmte Erwartungen, und dann sind sie enttäuscht. Du weißt selbst, dass alles etikettiert ist, und für mich ist es auch leichter, etwas zu pushen, wenn es nicht die ganze Zeit hin und her hüpft, sonst ist es eine Katastrophe. Du weißt doch, das ist alles sehr heikel. Na ja, was rede ich, du musst es selber wissen. Das hier kann ich dir jedenfalls nicht abnehmen, ich muss erst mal den Rest loswerden.

Kurze Pause, dann packt Gourdel seinen Rahmen notdürftig wieder ein, nickt Ferrer zu und geht. Auf dem Bürgersteig begegnet er Martinov, der seinerseits gerade zu Ferrer will. Martinov ist ein junger Kerl mit unschuldig-listigem Gesichtsausdruck, sie wechseln ein paar Worte. Er will mich hängen lassen, der Arsch, sagt Gourdel. Kann ich mir nicht vorstellen, tröstet ihn Martinov. Er kennt deine Sachen, er glaubt an dich. Er hat doch noch einen kleinen Rest Kunstverstand. Nein, sagt Gourdel, bevor er in den blassen Tag verschwindet, Kunstverstand hat keiner mehr. Die letzten, die ein bisschen welchen hatten, waren die Päpste und die Könige. Danach Fehlanzeige.

Du hast Gourdel getroffen, was, sagt Ferrer. Eben auf der Straße, ja, sagt Martinov, scheint ihm nicht so gut zu gehen. Mit ihm ist es vorbei, sagt Ferrer, finanziell sieht es ganz finster aus, er ist nur noch symbolischer Schrott. Du hingegen läufst gut zur Zeit. Vorhin war gerade jemand da, der nimmt sicher das große gelbe. Und was machst du sonst so im Moment? Na ja, meint Martinov, ich habe da doch meine vertikale Serie, ich gebe zwei oder drei davon in eine Gruppenausstellung. Moment mal, sagt Ferrer, was ist das für eine Geschichte? Nichts, sagt Martinov, nur etwas in der Staatlichen Hinterlegungs- und Konsignationskasse. Wie bitte, sagt Ferrer, du nimmst an einer Gruppenausstellung in der Hinterlegungs- und Konsignationskasse teil? Wieso nicht, die Hinterlegungs- und Konsignationskasse ist doch in Ordnung, sagt Martinov. Ich persönlich finde es lächerlich, dass du in der Hinterlegungs- und Konsignationskasse ausstellst, sagt Ferrer. Lächerlich. Und dann auch noch bei einer Gruppenausstellung. Du schadest dir. Hör auf mich. Aber egal, tu, was du für richtig hältst.

Eher schlecht gelaunt hörte Ferrer jetzt also Delahayes allgemeinen Ausführungen über die arktische Kunst zu: Schulen

von Ipiutak, Thule, Choris, Birnik und Denbigh, Früh-Walfang-
Kulturen zwischen 2500 und 1000 vor unserer Zeitrechnung.
Während Delahaye die diversen Materialien, Einflüsse, Stile erläuterte, war Ferrer weniger aufmerksam als danach, wo es um
Zahlen ging: Es sah tatsächlich immer mehr so aus, als wäre
diese Geschichte mit dem im Eis zurückgelassenen Wrack,
wenn sie sich denn bewahrheiten sollte, eine Reise wert. Im
Augenblick bewahrheitet sie sich allerdings noch nicht, mangels genauerer Informationen. Aber wir haben erst Ende Januar,
und, so erinnerte ihn Delahaye, selbst wenn man mehr wüsste,
würden die klimatischen Bedingungen es unmöglich machen,
vor dem Frühling hinzufahren, dem Moment nämlich, wenn in
jenen Breiten wieder der Tag anbricht.

8

Er wollte eben anbrechen, als Ferrer ein Auge aufschlug: Das Kajütenfenster warf ein blasses, blaugraues Rechteck auf die Wand über der Koje. Es war nicht leicht, sich auf der schmalen Matratze zu der Wand gegenüber umzudrehen, und als er es geschafft hatte, blieben Ferrer nur dreißig Zentimeter übrig, um gerade noch auf der Seite zu liegen, aber wenigstens war es deutlich wärmer als sonst morgens. Er versuchte, seine Stellung so gut es ging durch leichte Schlängelbewegungen auf der Stelle zu stabilisieren: vergebens. Als er sich nun bemühte, sie, diese Bewegungen, zu verstärken, um etwas mehr von dem warmen Terrain zu erobern, warf ihn ein jäher Stoß der Gegenpartei rücklings um: Ferrer purzelte aus der Koje.

Er fiel mit seinem ganzen Gewicht auf die rechte Schulter, dachte, er hätte sie sich ausgekugelt, und fröstelte: Der Kajütenboden war kalt, besonders kalt, da Ferrer bis auf seine Armbanduhr nackt war. Er stemmte sich mit Hilfe all seiner Glieder hoch, dann betrachtete er, sich die Kopfhaut kratzend, die Koje.

Wie es aussieht, haben die Dinge sich geändert. Das Unvorhersehbare ist geschehen. In der Koje, endlich allein, drehte sich jemand behaglich seufzend um und schlummerte wieder ein: Mireille, die Krankenschwester, die jetzt bequem weiterschnurchelte. Ihre Bräunung ist etwas intensiver und farbenfroher als sonst, tiefbraun mit einem kleinen Stich orange. Die Ärmste ist gestern unter dem Solarium eingeschlafen und hat eine etwas zu große Dosis abgekriegt. Ferrer zieht die Schultern hoch, fröstelt nochmals und schaut auf die Uhr, zwanzig nach sechs, dann zieht er sich ein Unterhemd über.

35

Er fühlt sich nicht so besonders, um die Wahrheit zu sagen, er macht sich Sorgen. Bei der letzten Untersuchung hat Feldman, der Kardiologe, ihn vor extremen Temperaturen gewarnt: Große Hitze oder große Kälte, starke Temperaturunterschiede, all das ist extrem schlecht für die Herzkranzgefäße. Du führst kein gesundes Leben, bei deinem Zustand, hat Feldman gesagt. Es reicht nicht, wenn du nur aufhörst zu rauchen, du müsstest jetzt ein ganzes Lebensführungsprogramm befolgen. Also hat Ferrer sorgsam vermieden, ihm von seiner Reise in den hohen Norden zu erzählen. Er hat nur eine Geschäftsreise erwähnt, ohne Genaueres verlauten zu lassen. Gut, dann kommst du in drei, vier Wochen wieder, hat Feldman gesagt, dann ist es Zeit für einen kleinen Echodoppler, der liefert dir die Argumente, damit du mit dem Blödsinn aufhörst. Als ihm diese Worte einfallen, greift Ferrer sich reflexartig ans Herz, um zu kontrollieren, ob es nicht zu stark schlägt, zu schwach, zu unregelmäßig, aber nein, alles in Ordnung, jedenfalls scheint es so.

Jetzt friert er weniger, er sieht putzig aus in dem Hemdchen, unter dem seine vor Kälte eingeschrumpelten Zeugungsorgane gerade so hervorlugen. Während er darauf wartet, auf bessere Gedanken zu kommen, schaut er kurz aus dem Fenster. Ein fernes Funkeln kündigt die aufgehende Sonne an, deren Licht bislang einzig von den Seeschwalben reflektiert wird, die mit makellosen Flügeln in fernen Höhen kreisen. In diesem kargen Licht meint Ferrer festzustellen, dass sie links gerade die zerklüftete Masse von Southampton Island hinter sich lassen, grau wie ein alter Kieshaufen. Jetzt geht es in den Kanal, der nach Wagner Bay führt: Ferrer zieht das Unterhemd aus und legt sich wieder hin.

Leichter gesagt als getan. Trotz ihrer wirklich großartigen Figur nimmt Mireille die gesamte Breite der Koje ein: kein Platz mehr, nicht mal für einen Arm. Neben ihr ist kein Hineinkommen in die Koje, egal auf welcher Seite. Kühn beschließt Ferrer es von oben zu versuchen und sich mit aller Behutsamkeit auf die Krankenschwester zu legen. Mireille jedoch beginnt zu ächzen, Ausdruck von Missbilligung. Sie wehrt sich und fängt an zu strampeln, so sehr, dass Ferrer kurz denkt, das war's, aber glücklicher- und stückchenweise entspannt sie sich dann doch. Man begnügt sich, weil man sich begnügen muss, mit dem Raum, der hier zum Manövrieren bleibt, da die Enge der Koje mehr Kombinationen verbietet als erlaubt: Man kann nur aufeinander liegen, immerhin abwechselnd und in zwei Richtungen, das ist schon gar nicht schlecht. Man hat keine Eile, schließlich ist heute Sonntag, man geht geschickt zu Werke, man lässt sich Zeit und verlässt die Kajüte erst um zehn.

Es war Sonntag, ein echter Sonntag, das war in der Luft zu spüren, in der sich ein paar verstreute Kohorten Kormorane gemächlicher herumschubsten als sonst. Auf dem Weg zur Brücke begegnete man einem Teil der Besatzung, der gerade aus der Kapelle kam, darunter dem Funker, der seinen Verdruss nicht verhehlen konnte. Aber man würde Ferrers Ziel ohnedies bald erreichen, für den Funker war es nur noch eine Frage von Stunden, bis er den Rivalen los sein würde, der, als das Ziel erreicht war, bei Kapitän und Generalstab seinen Abschied nahm und dann, in der Kajüte, seine Koffer.

Der Eisbrecher setzte Ferrer in Wagner Bay ab und fuhr sogleich weiter. An diesem Tag lag einförmiger, undurchdringlicher Dunst bedrückend wie eine niedrige Zimmerdecke auf der Gegend, verhüllte die Gipfel ringsum und sogar die Aufbauten des Schiffs, zugleich aber streute er das Licht. An Land gegangen, sah Ferrer den *Des Groseilliers* im Nebel fortziehen, seine Masse löste sich auf, es blieben nur die Umrisse, dann lösten die sich auf, es blieben nur ihre dunkelsten Punkte, die schließlich ebenfalls verdunsteten.

Ferrer wollte sich nicht länger in Wagner Bay aufhalten als nötig: Der Ort war nichts als eine Ansammlung von Fertigbaracken aus verrosteten Wellblechwänden mit hineingeschnittenen Fensteröffnungen, die Scheiben ockerbraun-staubig von innen beleuchtet. Zwischen diesen Hütten, die sich um einen Mast drängten, verliefen schematisch ein paar wenige, bedrückende

Straßen, enge, holprige Gassen aus schmutzigem Eis, ein Hindernisparcours aus Schneeverwehungen, dessen Kreuzungen mit dunklen Blöcken aus Metall oder Zement verstellt und mit erstarrten Plastikfetzen übersät waren. Starr wie ein gefrorenes Wäschestück, hielt sich eine Fahne am Gipfel des Masts reglos in der Horizontalen, dessen kaum sichtbarer Schatten sich bis zum kleinen, kokardenrunden Heliport erstreckte.

Dieser kleine Heliport grenzte an eine winzige Start- und Landebahn, wo Ferrer in eine Cessna Caravan stieg, für sechs Personen ausgelegt, obwohl neben ihm nur noch ein Ingenieur von der meteorologischen Station Eureka an Bord war. Fünfzig Minuten später in Port Radium, das Wagner Bay so ähnlich sah wie ein ungeliebter Bruder, traf Ferrer seine Führer. Es handelte sich bei ihnen um zwei Einheimische namens Angutretok und Napaseekadlak, gekleidet in Steppdaunen, Arctic-Synchilla-Fasern, atmungsaktive Unterwäsche aus Capiwool, fluoreszierende Overalls und beheizbare Handschuhe. Im benachbarten Distrikt Tuktoyaktuk geboren, waren beide von demselben Format, eher klein und fett, kurzbeinig und schmalhändig, mit fünfeckigen, bartlosen, gelben Gesichtern, hervortretenden Wangenknochen, schwarzem, glattem Haar und strahlenden Zähnen. Nachdem sie zunächst sich selber vorgestellt hatten, machten sie Ferrer mit den Schlittenhunden bekannt.

Diese Meute schlief um den Leithund gedrängt in einem Gehege und bestand aus struppigen, ungepflegten Hunden mit gelblich schwarzem oder schmutzig gelbem Fell und einem Dreckscharakter. Sie mochten die Menschen nicht, die, da sie sie ihrerseits nicht mochten, sie niemals streichelten, und auch einander schienen sie nicht sonderlich zugetan: Aus ihren Blicken sprachen nichts als Eifersucht und Missgunst. Ferrer sollte bald feststellen, dass keines dieser Tiere, für sich allein genommen, ein angenehmer Umgang war. Rief man eins beim Namen, dann wandte es sich kaum um und, wenn es nichts zu fressen sah, gleich wieder ab. Forderte man es zur Arbeit auf, so reagierte es überhaupt nicht, gab höchstens mit einer knappen

Drehung des Kopfes zu verstehen, man möge sich an den Leithund wenden. Dieser nun wieder, seiner Wichtigkeit nur zu bewusst, zierte sich gewaltig und antwortete allenfalls mit einem Blick, dem entnervten Blick des Beamten am Rande der Gestresstheit, dem zerstreuten Blick seiner Sekretärin, die sich gerade die Nägel lackiert.

Sie brachen selbigen Tages auf, da fahren sie davon. Ausgerüstet sind sie mit Savage 116 FFS-Allweather-Karabinern, 15 x 45 IS-Feldstechern mit Bildstabilisator, mit Messern und Peitschen. Napaseekadlaks Messer hat einen Griff aus Usik, dem Penisknochen des Walrosses, dessen Elastizität, Nachgiebigkeit und Porosität ihm ideale Griffeigenschaften verleihen. Angutretoks ist etwas weniger traditionell, ein White Hunter II Puma mit Kraton-Griff.

Am Ortsausgang von Port Radium fuhr man zunächst in einen kurzen Hohlweg ein. Vereister Schnee hing an den Felsen wie Schaumreste an den Wänden eines geleerten Bierglases. Man fuhr recht schnell, hart durchgerüttelt wegen des unebenen Geländes. Anfangs versuchte Ferrer, ein paar Worte mit seinen Führern zu wechseln, vor allem mit Angutretok, der über geringe Englischkenntnisse verfügte, während Napaseekadlak sich ausschließlich durch Lächeln verständigte. Aber kaum waren seine Wörter heraus, erstarb schon ihr Klang und sie erstarrten: Da sie einen Augenblick lang erfroren in der Luft hingen, brauchte man nur die Hand auszustrecken, und schon kullerten sie bunt durcheinander hinein und schmolzen einem zwischen den Fingern, wo sie schließlich flüsternd zerliefen.

Sogleich bliesen die Mücken zum Angriff, doch sie waren zum Glück ausgesprochen leicht zu töten. In diesen Breiten ist der Mensch den Tieren nämlich so gut wie unbekannt, und daher haben sie keine Scheu vor ihm: Man schlägt sie mit dem Handrücken tot, diese Mücken, und sie versuchen nicht einmal wegzufliegen. Das hinderte sie aber nicht, einem das Leben zur Hölle zu machen, sie attackierten zu Dutzenden pro Kubikmeter und stachen durch die Kleidung, besonders an Schultern und

Knien, wo der Stoff gespannt ist. Hätte man ihre wimmelnden Schwärme fotografieren wollen, sie hätten das Objektiv verdunkelt, aber man hatte keinen Apparat dabei, dafür war man nicht hier. Man verstopfte die Lüftungslöcher der Kopfbedeckung und fuhr weiter, die eigenen Flanken peitschend. Einmal sah man einen Eisbären, zu weit entfernt, um sich feindselig zu zeigen. Die Hunde allerdings machten alle möglichen Probleme. Eines Morgens zum Beispiel sah Ferrer sich unvermittelt auf einen Grat aus rauhem Schnee geschleudert, und das führerlose Gefährt schlingerte in alle Richtungen. Statt aber anzuhalten, galoppierten die sich befreit fühlenden Tiere los, die einen hier-, die anderen dahin. Schließlich stürzte der Schlitten um und verkeilte sich quer auf der Piste, so dass die Hunde in ihrem Geschirr festsaßen und sich sofort laut untereinander anzuschnauzen begannen. Am Pistenrand versuchte Ferrer unterdessen hüftenreibend wieder zu sich zu kommen. Nachdem Angutretok ihn auf die Beine gestellt hatte, wollte er die Tiere mit Peitschenhieben beschwichtigen, was die Atmosphäre nur noch weiter vergiftete: Statt sich zu beruhigen, biss der erste gepeitschte Hund seinen Nachbarn, der den nächsten biss, der zwei weitere biss, die ebenso reagierten, bis das Ganze in allgemeines Gekabbel und totale Konfusion ausartete. Nur mit großer Mühe wurde man ihrer wieder Herr. Dann fuhr man weiter. Der arktische Sommer war auf dem Vormarsch. Nacht wurde es nie.

9

In Paris, Anfang Februar, wäre zunächst Ferrer fast verschwunden, und zwar endgültig.

Der Januar war gegen Ende sehr arbeitsreich gewesen. Nachdem Delahaye mehrfach und beharrlich die Möglichkeiten dargestellt hatte, die die *Nechilik* bot, hatte Ferrer beschlossen, sich jetzt ernsthaft dafür zu interessieren. Er besuchte Museen und Privatsammlungen, konsultierte Experten, Forschungsreisende und Konservatoren, er machte sich allmählich mit allem, was die arktische Kunst betrifft, recht gut vertraut, vornehmlich mit ihrem Handelswert. Falls sich das, was von dem Schiff noch blieb, eines Tages als zugänglich erweisen sollte, dann wäre damit, kein Zweifel, ein Geschäft zu machen. Ferrer hatte sogar in einer Galerie im Marais zwei kleine Skulpturen gekauft, die er allabendlich lange studierte: eine schlafende Frau aus Povungnituk und eine Geisterdarstellung aus Pangnirtung. Obzwar mit ihren Formen nicht vertraut, hoffte er schließlich, sie irgendwann ein bisschen zu begreifen, den Stil einschätzen zu können und auch, was sie einbringen mochten.

Im Moment verharrte dieses arktische Unternehmen jedoch eindeutig im Zustand der Hypothese. Trotz seiner Recherchen brachte Delahaye immer noch keine Informationen bei, die eine Lokalisierung des Wracks erlaubt hätten. Dennoch entwarf Ferrer bereits jetzt in groben Zügen seine eventuelle Expedition. Den Winter über hatte er sich mit anderen Dingen herumzuschlagen. Das Projekt einer ersten Martinov-Retrospektive – nachdem dieser auf die Ausstellungsbeteiligung in der staatlichen Hinterlegungs- und Konsignationskasse verzichtet hatte –, ein Wasserrohrbruch in Esterellas' Atelier – der seine sämtlichen Puderzucker-Installationen in Nichts auflöste –, ein misslungener Selbstmordversuch Gourdels und andere Sorgen mehr verursachten eine ungewohnte Aktivitätssteigerung. Ohne dessen ganz gewahr zu werden, war Ferrer bald überlastet, überfordert wie irgendein dahergelaufener Vertriebsingenieur. Das entsprach seinen Gewohnheiten so wenig, dass er es gar nicht richtig bemerkte: Nach ein paar Tagen sollte er dafür zahlen müssen.

Nach ein paar Tagen oder ein paar Nächten, denn irgendwann ereignete sich während seines Schlafs ein körperlicher Zwischenfall: Als er selber schon schlief, gestatteten sich auch seine sämtlichen ermatteten Vitalfunktionen einzuschlafen. Es dauerte nur zwei Stunden oder höchstens drei; in dieser Zeit streikten seine Biorhythmen. Der Herzschlag, das Hin und Her der Luft in der Lunge, vielleicht sogar die Zellregeneration liefen auf einem kaum mehr wahrnehmbaren Minimalniveau, in einer Art Koma, für den Laien vom klinischen Tod so gut wie nicht zu unterscheiden. Von dem, was da mit seinem Körper passierte, hatte auch Ferrer keinerlei Bewusstsein, er litt nicht im Geringsten darunter, bestenfalls durchlebte er es wie einen Traum, und vielleicht träumte er ja tatsächlich. Wohl gar keinen so schlechten Traum übrigens, denn als er die Augen aufschlug, war er ganz guter Dinge.

Er wachte später auf als üblich und ohne irgendetwas bemerkt zu haben. Keine Sekunde lang ahnte er, dass er etwas erlitten hatte, was man einen atrioventrikulären Block nennt, einen Vorhof-Herzkammer-Stillstand. Wäre er untersucht worden, die Spezialisten hätten zunächst gewiss auf einen AVB des Typs Mobitz II getippt, dann etwas gründlicher nachgedacht, sich beraten und schließlich einen Luciani-Wenckebach zweiten Grades diagnostiziert.

Wie auch immer, als er erwachte, war Victoire nicht da. Offenbar war sie zum Schlafen nicht nach Hause gekommen. Daran war nichts Außergewöhnliches: Bisweilen verbrachte die junge Frau eine Nacht bei einer Freundin, meist einer gewissen Louise, zumindest versicherte sie ihm das auf ihre gewohnte ausweichend-nachlässige Art – Ferrer war nicht besitzergreifend und auch nicht anhänglich genug, um sich dessen selber zu versichern. Dennoch nahm er, als er dann aufgestanden war, zunächst an, Victoire sei nachts in ein anderes Bett umgezogen, einfach um ungestört zu schlafen, da er nämlich schnarchte, er weiß, dass er manchmal schnarcht, das muss er zugeben. Also ging er nachschauen, ob Victoire im hinteren Schlafzimmer war. Nein. Gut. Als er dann aber feststellen musste, dass ihre Kosmetiksachen aus dem Badezimmer verschwunden waren, ebenso wie ihre Kleidung aus dem Schrank, ebenso wie ihre Person aus seinem Leben in allen Tagen danach, musste er ebenfalls zugeben, dass sie gegangen war.

Soweit seine Zeit es ihm erlaubte, suchte er sie, nach besten Kräften. Doch falls Victoire denn eine Familie gehabt haben sollte, bei der er sich hätte erkundigen können, ein paar Verwandte, irgendwelche anspruchsberechtigte Angehörige, jemanden an Mutters oder Vaters statt, dann hatte sie ihn nie mit ihnen bekannt gemacht. Sie hatte nur sehr wenige feste Gewohnheiten, abgesehen von drei Bars: dem Cyclone, dem Soleil und dem Central, wo auch Delahaye verkehrte, doch der war derzeit nicht leicht zu erreichen, angeblich, weil er vollauf mit dem Projekt *Nechilik* beschäftigt war. Ferrer hatte Victoire auch zwei-, dreimal in Gesellschaft jener jungen, gleichaltrigen Frau namens Louise gesehen, Inhaberin eines durch die staatliche Eisenbahngesellschaft ausgestellten Arbeitsvertrags mit befristeter Dauer. Er durchstreifte die Bars, er fand Louise, er erfuhr nichts.

Also lebte er wieder allein. Aber das ist nicht gut für ihn. Und schon gar nicht morgens, wenn er mit einer Erektion aufwacht, also an den meisten Morgen, wie die meisten Männer, bevor sie zwischen Schlafzimmer, Küche und Bad hin und her spazieren. Dank dieses Hin und Her ist es glücklicherweise bald nur noch eine halbe Erektion: Von diesem rechtwinklig zur vertikalen Krümmung seiner Wirbelsäule stehenden Anhängsel dennoch belästigt, ja, fast aus dem Gleichgewicht gebracht, setzt er sich schließlich hin und macht die Post auf. Eine fast immer enttäuschende Operation, die meist und schnell mit einer neuen Sedimentschicht in seinem Papierkorb endet, die doch aber, mutatis mutandis, ja nolens volens sein Organ wieder auf normale Größe schrumpfen lässt.

Nein, das ist nicht gut für ihn, das kann nicht so weitergehen. Aber so leicht lässt sich die plötzliche Leere nicht durch Improvisation füllen. Victoire mag nicht lange um ihn gewesen sein, aber doch lange genug, um die anderen Frauen, die um Ferrer gewesen waren, zu vertreiben. Er hat gedacht, sie seien immer noch da, dieser Unschuldsengel, als würden sie sich geduldig zur Verfügung halten, für den Fall, dass er Ersatz braucht. Nein, sie sind alle fort, sie haben nicht gewartet, natürlich nicht, sie haben ihr eigenes Leben. Da er nicht lange allein sein kann, sucht er also hier und da. Doch wie jeder weiß, findet man niemanden, wenn man sucht, besser, man tut so, als suchte man nicht und verhält sich, als ob nichts wäre.

Besser, man wartet auf eine zufällige Begegnung, vor allem, indem man so tut, als wartete man nicht. Denn auf diese Weise, heißt es, ereignen sich die großen Erfindungen: durch den unbeabsichtigten Kontakt zweier Stoffe, die zufällig auf dem Labortisch nebeneinander zu stehen kommen. Freilich muss immer noch jemand diese beiden Stoffe dicht zueinander gestellt haben, auch wenn es nicht vorgesehen war, sie zu mischen. Freilich auch muss man sie in demselben Moment dorthin stellen: ein Beweis, dass sie, lange, bevor man es selbst erkannt hat, etwas miteinander zu tun hatten. So funktioniert das, so funktioniert die Chemie. Man sucht in entlegenen Fernen allerlei Moleküle auf und trachtet sie miteinander reagieren zu lassen: nichts. Vom Ende der Welt lässt man sich Pröbchen senden: wieder nichts. Und dann eines Tages eine versehentliche Bewegung, man stößt zwei Behältnisse um, die seit Monaten auf dem Labortisch dastehen, zufällige Spritzer, ein Reagenzröhrchen ergießt sich in eine Glasschale, und schon ereignet sich die Reaktion, nach der man seit Jahren gesucht hat. Oder man vergisst ein paar Kulturen in einer Schublade und zack: das Penizillin. Und da, bitte schön, in einem analogen Prozess, nach langem, vergeblichem Pirschen, das Ferrer in konzentrischen Kreisen immer weiter von der Rue d'Amsterdam fort geführt hat, findet er schließlich das Gesuchte in Person seiner Nachbarin. Sie heißt Bérangère Eisenmann. Also wirklich unerwartet, tatsächlich die Tür nebenan. Vergessen wir's nicht, eine solche Nähe bietet natürlich nicht nur Vorzüge, sie hat ihr Gutes und ihr weniger Gutes, ein Problem, das wir gern detaillierter erläutern würden, wenn wir nur Zeit dazu hätten. Doch können wir diesen Punkt im Augenblick nicht weiter erörtern, da eine dringlichere Angelegenheit uns daran hindert: Wir erfahren soeben, ja, vom tragischen Ableben Delahayes.

10

Die Zwischenfälle mit den Hunden häuften sich. Neulich zum Beispiel entdeckte man zwischen zwei Prismen aus scharfkantigem Eis den Leib eines Dickhäuters, der da seit Gott weiß wann ruhte. Zur Hälfte im Untergrund vergraben, reifüberzuckert, war der Tiefkühlkadaver besser konserviert als ein Pharao in seiner Pyramide: Kälte wirkt radikal, als Balsam wie als Killer. Trotz der Schreie, Flüche und Peitschenhiebe der beiden Führer stürzten die Hunde begeistert auf den Mastodonten los, dann gab es nur noch hechelndes, sabberndes, widerliches Knacken geschäftiger Kiefer. Als die Tiere kurzen Prozess mit dem sichtbaren Teil des Körpers gemacht und sich vollgeschlagen hatten, ohne darauf zu warten, dass er auftaute, musste man sie erst einmal Mittagsruhe halten lassen, bevor man sich wieder auf den Weg machen konnte. So langsam hatte man diese Hunde über. Dies sollte der letzte Tag sein, an dem man auf sie angewiesen sein wollte. Im 24-Stunden-Licht, das von den Mückenwolken immer stärker verdunkelt wurde, reiste man weiter.

Es sei an dieser Stelle daran erinnert, dass in dieser Jahreszeit ein Tag in den anderen übergeht, die Sonne berührt nicht einmal mehr den Horizont. Man muss auf die Uhr schauen, um festzustellen, wann Schlafenszeit ist, wann man den Zeltboden mit einem Möwenflügel auskehrt, sich die Augen verbindet und sich hinlegt. Was die Mücken angeht, so waren jetzt deren Larven in den zahllosen Pfützen herangereift, und sie trieben es schlimmer als je zuvor. Nicht mehr zu Dutzenden pro Kubikmeter, nein zu Hunderten führten sie ihre Attacken in dicht geschlossenen Geschwadern, sie krochen einem in die Nase, den Mund, die Ohren, ja in die Augen, während man über den Permafrostboden stapfte. Auf Angutretoks Rat hin, der mit Feldmans Anweisungen in harschem Widerspruch stand, musste Ferrer wieder zu rauchen anfangen, obwohl ihm der Tabakgeschmack jetzt in der Kälte Übelkeit erregte. Doch das war das einzige Mittel, die Zweiflügler abzuschrecken: Besser sogar, man rauchte, wenn sie am schlimmsten wüteten, zwei oder drei Zigaretten auf einmal.

Immer noch bewegte man sich auf dieser kaum erkennbaren, nur alle zwei oder drei Kilometer durch gleichmäßig aufgesetzte Steinkegel markierten Piste. Ursprünglich nichts als Steinhaufen, von den ersten Polarforschern als Zeugnis ihrer Durchreise errichtet, dienten diese Kegel vor allem als Wegweiser, enthielten bisweilen aber auch Überreste der wenigen Aktivitäten, die in dieser Gegend stattgefunden hatten: altes Werkzeug, gefriergetrocknete Essensreste, unbrauchbare Waffen, manchmal Dokumente oder Gebeine. Einmal einen Schädel, in dessen Augenhöhlen Torfmoos spross.

So reiste man also von Steinkegel zu Steinkegel, bei reduzierter Sicht, denn nicht allein die Mücken verdunkelten die Umgebung, auch der Nebel tat sein Bestes: Damit, die Luft zu trüben und so allerlei Gegenstände den Blicken zu entziehen, gab sich dieser Nebel nicht zufrieden, seine Spezialität war es, ausgewählte Objekte beträchtlich zu vergrößern. Im Gegensatz zum Blick in einen Rückspiegel, durch den alles in eine unnatürliche Ferne gerückt wird, dachte man hier im unendlichen Weiß bisweilen, der nächste dunkle Steinkegel sei schon zum Greifen nah, dabei war er noch eine Schlittenstunde weit entfernt.

Die Sache mit dem Dickhäuter hatte die Geduld der Führer restlos erschöpft. An der ersten Station nach Port Radium tauschte man bei einem Schneescooterverleih kurzerhand sämtliche Hunde gegen drei dieser Fahrzeuge ein, an denen man noch leichte Anhänger befestigte. Weiter ging es auf diesen Vehikeln, die, lächerlich in der arktischen Stille, mofaähnlich pötterten. Auf dem staubfeinen Eis zahlreiche Ölflecken und schmierige Schlieren hinterlassend, wand man sich zwischen den Blöcken hindurch und zeichnete beim Umfahren frostiger Hindernisse bisweilen lange Schleifen in den Schnee, ohne je einem einzigen Baum oder auch nur dem kleinsten Grashälmchen zu begegnen, nie. Die Gegend hier hat sich in den letzten fünfzig Millionen Jahren nämlich ganz ordentlich verändert. Einst wuchsen hier Pappeln, Buchen, wilder Wein und Sequoias, aber das ist vorbei. Vorgestern, etwas weiter südlich, hat man allenfalls noch da und dort ein paar Flechten sehen können, ein schmächtiges Heidekraut, eine hinfällige Zwergbirke oder eine kriechende Weide, einen kleinen arktischen Mohn, gelegentlich einen Steinpilz, aber jetzt nichts mehr, kein einziges Gewächs, so weit das Auge reicht.

Man ernährte sich von stets denselben ausgewogenen Ein-Mann-Portionen, die für derlei Unternehmungen gemacht sind. Doch zur Aufbesserung des Speiseplans sammelte man einmal ein paar Angmagssaets auf, um sie zu frittieren. Ein großer Block Gletschereis hatte bei seinem Sturz ins Meer eine Flutwelle ausgelöst, die diese kleinen, sardinengroßen Fische an Land gespült hatte. Zunächst musste man vor allem die Möwen verjagen, die, stets mit Sturzflug drohend, über den Angmagssaets kreisten. Ein andermal harpunierte Napaseekadlak einen Seehund. Bekanntlich ist der Seehund zu hundert Prozent verwertbar, er ist so etwas wie das arktische Gegenstück zum Schwein: Das Fleisch wird gegrillt, gesotten, geschmort, sein nach Eiweiß schmeckendes Blut gibt eine ganz präsentable Blutwurst, mit dem Fett kann man den Iglu beleuchten und heizen, aus dem Fell stellt man hevorragende Zeltplanen her, aus den Knochen Nadeln und aus den Därmen Zwirn, ja, aus den Eingeweiden werden sogar hübsche Stores für das gemütliche Heim gemacht. Was seine Seele angeht, die bleibt nach dem Tod des Tiers in der Harpunenspitze sitzen. Angutretok bereitete also ein Gericht aus Seehundleber und Steinpilzen über einer Glut, neben die Napaseekadlak, damit die Seele nicht zu frieren brauchte, seine Harpune legte. Und beim

Abendessen brachte Angutretok Ferrer einige der hundertfünfzig Wörter bei, mit denen auf Iglulik der Schnee bezeichnet wird, vom verharschten Schnee bis hin zum knirschenden Schnee, über frischen, weichen Schnee, harten, wellenförmigen Schnee, feinen, pulvrigen Schnee, feuchten, kompakten Schnee und vom Winde aufgewehten Schnee. Je weiter man nach Norden kam, desto kälter wurde es, wen wundert's. Eisklümpchen setzten sich in Ferrers Haar und auf seinem Gesicht fest, in Wimpern und Bart, in den Augenbrauen und den Nasenlöchern. Er und seine Führer fuhren hinter ihren Sonnenbrillen an Kratern vorüber, kreisrunden Löchern, die von Meteoriten stammten, aus denen die hiesige Bevölkerung früher Eisen zur Waffenherstellung gewonnen hatte. Einmal erblickten sie weit entfernt einen zweiten Bären, allein auf dem Packeis, der neben einem Luftloch der Seehunde auf der Lauer lag. Von seinem Wachdienst vollständig beansprucht, ignorierte er sie, aber Angutretok teilte Ferrer für alle Fälle die Verhaltensmaßregeln für überraschende Begegnungen mit Eisbären mit. Nicht umdrehen und wegrennen: Der Bär rennt schneller. Sondern versuchen, ihn abzulenken, etwa indem man ein buntes Kleidungsstück seitwärts wirft. Schließlich, wenn eine Konfrontation unumgänglich ist, als letzten Ausweg daran denken, dass alle Eisbären Linkshänder sind: Wenn man schon keine Hoffnung hat, sich wirksam verteidigen zu können, greift man das Tier wenigstens von seiner schwächeren Seite her an. Ziemlich illusorisch, aber immerhin.

11

Es sollte zu Delahayes Beerdigung keine Messe geben, nur spät vormittags eine Aussegnungsfeier in einer kleinen Kirche nahe der Metrostation Alésia. Als Ferrer ankam, waren schon recht viele Trauergäste da, er kannte niemanden. Er hätte gar nicht gedacht, dass Delahaye so viele Verwandte und Freunde hatte; vielleicht waren es ja auch nur Gläubiger ohne Hoffnung, die Schulden noch eintreiben zu können. Diskret nahm er hinten in der Kirche Platz, weder hinter einer Säule noch ganz in der letzten Reihe, sondern in der vorletzten, nicht allzu weit von einer Säule entfernt.

All diese Leute waren gerade hereingekommen, würden gleich hereinkommen, kamen eben herein: Um ihren Blicken nicht begegnen zu müssen, schaute Ferrer hinab auf seine Schuhe, doch währte sein Frieden nur kurz. Eine blasse Frau im Damast-Kostüm arbeitete sich gegen den Strom durch die Gäste und stellte sich ihm vor: Witwe Delahaye. Ah, sagte Ferrer, der keine Ahnung hatte, der auch nie gedacht hätte, dass sein Mitarbeiter verheiratet war. Gut, er war es gewesen, bitte sehr, schön für ihn.

Allerdings, berichtete ihm die Witwe, hatten Delahaye und sie schon seit sechs Jahren getrennt gelebt, hatten jeder seine eigene Wohnung, wenn auch nicht weit voneinander entfernt. Denn sie waren in gutem Einvernehmen verblieben, telefonierten jeden dritten Tag miteinander, und beide hatten, für den Fall, dass der andere fort war, seinen Wohnungsschlüssel, um Grünpflanzen und Post zu versorgen. Nach einer Woche also waren ihre Sorgen wegen Delahayes Verstummen zu groß geworden, sie war in seine Wohnung gegangen und hatte seinen leblosen Körper auf den Badezimmerfliesen entdeckt. Das ist eben das Problem, wenn man allein lebt, schloss sie mit einem fragenden Blick. Ja, gewiss, bemerkte Ferrer. Witwe Delahaye, die, so sagte sie, schon viel von Ferrer gehört hatte, Louis-Philippe hat Sie wirklich gern gemocht, bat ihn dann dringlich, sich neben sie zu setzen, in die erste Reihe. Gern, log er und wechselte widerwillig den Platz. Aber da dies eigentlich das erste Mal war, so wurde ihm eben bewusst, dass er an so einer Zeremonie teilnahm, war es doch eine gute Gelegenheit, mal aus der Nähe zu sehen, wie das vor sich geht.

Eigentlich ist es recht simpel. Vorne der Sarg auf Böcken, das Fußende voran. Davor ein Kranz, dem Insassen gewidmet. Da links im Hintergrund macht sich der Priester konzentriert zu schaffen, der Küster im schwarzen Anzug rechts vorn – mit der rotgesichtigen Korpulenz eines Psychiatrie-Pflegers, einen furchteinflößenden Ausdruck im Gesicht, einen Weihwasserwedel in der Rechten. Dort die Leute, die Platz nehmen. Und wenn in der fast gefüllten Kirche Stille einkehrt, spricht der Priester ein paar Gebete, es folgen würdigende Worte über den Verblichenen, dann bittet er die Leute, sich vor dessen sterblichen Überresten zu verbeugen oder sie mit Hilfe des Weihwasserwedels zu segnen, je nach Wahl. Das geht schnell und ist rasch getan, Ferrer erwartet, die Leute sich verbeugen zu sehen, da kneift die Witwe ihn in den Arm, deutet mit dem Kinn auf den Sarg und zieht die Augenbrauen hoch. Da Ferrer die seinigen ebenfalls hochzieht, zum Zeichen seines Unverständnisses, zieht die Witwe ihre intensiver hoch und deutet intensiver mit dem Kinn, kneift ihn fester und schiebt ihn hoch. Augenscheinlich soll er etwas tun. Ferrer steht auf, die Leute schauen ihn an, Ferrer ist es sehr peinlich, aber er tritt vor. Er weiß nicht was tun, er hat es nie getan.

Da der Küster ihm den Wedel reicht, ergreift Ferrer ihn, hoffentlich am richtigen Ende, dann fuchtelt er hastig mit ihm los. Zwar beabsichtigt er keine besonderen Figuren in die Luft zu zeichnen, aber er beschreibt dennoch einige Kreise und Linien, ein Dreieck, ein Andreaskreuz, dazu marschiert er rings um den Sarg herum, verfolgt von den erstaunten Blicken der Leute, ohne dass er wüsste, wann noch wie er damit aufhören soll, bis die Leute zu murmeln anfangen und der Küster ihn gelassen, aber festen Griffs beim Ärmel nimmt, um ihn zurück auf seinen Stuhl in der ersten Reihe zu führen. Ferrer, der den Sprenkler immer noch in die Luft reckt, lässt das Ding, vom Küstergriff überrascht, los, und es fliegt auf den Sarg, der unter dem Anprall hohl tönt.

Später, verwirrt, beim Hinausgehen, sah Ferrer die Witwe Delahaye im Gespräch mit einer jungen Frau: Es brauchte einen Moment, bis er Louise erkannte. Sie hatten sich im Reden einmal zu ihm gewandt, dann aber weggeblickt, als sie sahen, dass er sie beobachtete. Ferrer wollte zu ihnen hin, musste sich dazu aber einen Weg durch die Anwesenden bahnen, die in Grüppchen herumstanden wie nach einer Theatervorstellung und sich nach ihm umdrehten, als würden sie den Schauspieler aus der Szene mit dem Weihwasserwedel erkennen.

Ferrer brauchte sie nicht einmal zu fragen, Louise sagte gleich, dass sie immer noch keine Nachricht von Victoire habe. Ebenfalls ungefragt, teilte die Witwe nachdrücklich mit, dass Delahayes Hinscheiden eine Leere verursache, die nichts werde ausgleichen können. So sehr, tat sie exaltiert kund, dass es weiterhin, auch post mortem, unvorstellbar sei, Delahaye nie wiederzusehen. Also dann bis nachher auf dem Friedhof zur Teezeit. Solchermaßen einbestellt, konnte Ferrer sich nicht drücken. Eine Tatsache aber ist es, dass post mortem, als er in die Rue d'Amsterdam nach Hause kam, um später von dort zur Beerdigung zu gehen, ein großer, beiger, unfrankierter Umschlag, der abseits der gewohnten Zustellzeiten unter seiner Tür durchgeschoben worden war, Ferrers Verwirrung um ein Vielfaches steigerte. Mittels Schablone war der Umschlag mit seinem Namen und seiner Adresse beschriftet und enthielt die genaue Lage der *Nechilik*.

Bei 118° östlicher Länge und 69° nördlicher Breite, mehr als hundert Kilometer jenseits des Polarkreises und weniger als eintausend vom magnetischen Nordpol entfernt, liege das Schiff im Amundsengolf, an der Nordgrenze der North-West-Territories. Die nächste Stadt heiße Port Radium. Ferrer schaute in seinem Atlas nach.

Die Pole, jeder wird das nachprüfen können, sind diejenigen Regionen der Welt, die man am schlechtesten auf einer Karte betrachten kann. Man kommt dabei nie ganz auf seine Kosten. Es gibt nur zwei Möglichkeiten. Zunächst kann man sie auf einer klassischen Weltkarte, wo der Äquator als mittlere horizontale Bezugslinie dient, ganz oben und ganz unten suchen. Doch unter dieser Voraussetzung ist es, als würde man sie nur im Profil zu sehen bekommen, in fliehender Perspektive und immer weitgehend unvollständig, und das ist nicht befriedigend. Dann kann man versuchen, sie von oben zu betrachten, wie aus dem Flugzeug: Es gibt solche Karten. Jetzt aber wird man einfach nicht klug aus der Sache wegen ihrer Verbindung mit den Kontinenten, die man doch immer sozusagen von vorn zu sehen gewohnt ist, und daher geht das auch wieder nicht. Die Pole also widersetzen sich der Darstellung in der Fläche. Da sie einen zwingen, in mehreren Dimensionen zugleich zu denken, stellen sie die kartografische Intelligenz vor jede Menge Probleme. Besser, man hat einen Erdglobus. Ferrer hat keinen. Aber gut, er kann sich trotzdem sein ungefähres Bild von der Gegend machen: sehr weit weg, sehr weiß, sehr kalt. Als er soweit ist, ist es Zeit für den Friedhof. Ferrer geht aus der Tür, und worauf stößt er dort: das Parfum seiner Nachbarin.

Bérangère Eisenmann ist ein lebenslustiges großes Mädchen, sehr stark parfümiert, wirklich sehr lebenslustig, wirklich zu stark parfümiert. An dem Tag, als Ferrer sie erstmals bemerkte, war die Sache schon nach ein paar Stunden geritzt. Sie hatte auf ein Glas bei ihm reingeschaut, dann wollte man zu Abend essen gehen, sie hatte gesagt, soll ich meine Tasche hier lassen? Er hatte gesagt, ja bitte, lassen Sie sie ruhig hier. Dann, als die erste

Begeisterung abgeklungen war, wurde Ferrer misstrauisch: Räumlich allzu nahe Frauen pflegen Ärger zu machen, und das gilt für Nachbarinnen sicher umso mehr. Nicht, weil sie leicht erreichbar sind, das ist ja doch ganz gut, sondern weil er, Ferrer, dadurch ebenso leicht erreichbar ist, möglicherweise gegen sein Gutdünken. Freilich, jede Medaille hat zwei Seiten, freilich, man muss eben wissen, was man will.

Doch vor allem tauchte sehr schnell das Problem mit dem Parfum auf. Extatics Elixir ist ein fürchterlich ätzender und anhaltender Duft, der gefährlich zwischen Moschus und Kloake kippelt, ebenso hinreißend wie aggressiv, atemberaubend ebenso im Sinne von faszinierend, wie dass er einem die Luft zum Atmen nimmt. Jedes Mal, wenn Bérangère bei ihm vorbeischaute, musste Ferrer sich hinterher lange und gründlich waschen. Ein nur relativ wirksames Gegenmittel, da der Duft ihm geradezu unter der Haut zu sitzen schien, also wechselte er Laken, Handtücher, warf seine Kleider direkt in die Waschmaschine – statt in den Wäschekorb, wo sie den Rest ein für alle Mal kontaminiert hätten. Er konnte seine Wohnung lüften, so viel er wollte, der Duft brauchte Stunden, bis er sich verzogen hatte, übrigens nie ganz und gar. So mächtig war er, dass Bérangère nur anzurufen brauchte, und schon kam er regelrecht durch die Telefonleitung und überfiel seine Wohnung erneut.

Vor seiner Bekanntschaft mit Bérangère Eisenmann hatte Ferrer nichts von einem Parfum namens Extatics Elixir gewusst. Jetzt riecht er es wieder, während er auf Zehenspitzen zum Fahrstuhl schleicht: Der Duft kriecht durch das Schlüsselloch, die Ritzen in der Tür, er verfolgt ihn bis in seine eigene Wohnung. Natürlich könnte er Bérangère nahe legen, die Marke zu wechseln, aber das traut er sich nicht, natürlich könnte er ihr auch ein anderes Parfum schenken, aber verschiedene Argumente lassen ihn davon Abstand nehmen, das wäre möglicherweise etwas zu verpflichtend, um Himmels willen, es lebe der Nordpol.

Aber so weit sind wir noch nicht. Erst mal heißt es zum

Friedhof von Auteuil fahren. Dies ist ein kleiner Gottesacker mit rechteckigem Grundriss, westwärts von einer großen, fensterlosen Mauer begrenzt und nordwärts, zur Rue Claude-Lorrain hin, von einem Verwaltungsgebäude. Zu den beiden anderen Seiten stehen Wohnhäuser, deren Fenster zu den sich kreuzenden Wegen des Friedhofs hinaus gehen und sich einer unverbaubaren Aussicht auf die Gräber erfreuen. Keine Luxuswohnanlagen, von denen es sonst in diesen schönen Vierteln wimmelt, sondern eher eine Art aufgemöbelte Sozialbauten, aus deren Fenstern diverse Geräuschfetzen in die Friedhofsstille hinauswehen, flatternd wie Schals: Topfgeklapper, Badezimmergeplatsche, Klospülungen, kreischende Radios, Ehezank und Kindergeschrei.

Eine Stunde, bevor die Trauergäste eintreffen, weniger zahlreich als in der Alésia-Kirche, spricht ein Mann bei der Hausmeisterin eines dieser Häuser vor, am Eingang Rue Michel-Ange. Dieser Mann hält sich sehr gerade, geht sparsam mit Worten um, sein Gesicht ist ausdruckslos, fast starr, er trägt einen schwarzen, fabrikneu aussehenden Anzug. Ich komme wegen dem Apartment im fünften Stock, sagt er, ich habe Sie Montag angerufen, für eine Besichtigung. Ach ja, erinnert sich die Hausmeisterin, für Baumgarten? Tner, korrigiert der Mann, Baumgartner. Dürfte ich es mir anschauen? Machen Sie sich keine Umstände, ich gehe kurz hoch und sage Ihnen dann, ob ich es nehme. Die Hausmeisterin händigt ihm den Schlüssel aus.

Dieser Baumgartner kommt ins Apartment, das ziemlich düster, weil gen Norden gelegen, und beige tapeziert ist, möbliert mit wenigen dunklen, deprimierenden Möbeln, darunter eine braun gestreifte Clic-Clac-Klappcouch, verdreckt mit verdächtigen Substanzen und kontinentgroßen Feuchtigkeitsflecken, ein rissiger Resopaltisch, fettstarrende Gardinen und klebrige, waggongrüne Vorhänge. Der Neuankömmling aber durchquert das Apartment ohne sich umzusehen, tritt ans Fenster, öffnet es nur halb, hält sich seitwärts ein wenig hinter einem dieser Vorhänge verborgen, von außen unsichtbar. Hier verfolgt er mit gespannter Aufmerksamkeit die gesamte Beerdigungszeremonie. Danach geht er wieder zur Hausmeisterin hinunter und sagt nein, irgendwie nicht, es ist mir zu dunkel und zu feucht, und die Hausmeisterin gibt zu, ja, es könnte wirklich mal renoviert werden.

Schade eigentlich, meint Baumgartner weiter, denn er suche etwas genau in diesem Viertel, aber er habe noch etwas anderes in petto, nicht weit von hier, und die Hausmeisterin ist nicht nachtragend, sie wünscht ihm viel Glück bei seiner Suche, und er geht dieses andere besichtigen, es liegt am Anfang vom Boulevard Exelmans. Das Apartment in der Rue Michel-Ange hätte Baumgartner übrigens sowieso nicht genommen.

12

Eines schönen Morgens kam die *Nechilik* in Sicht, in einiger Ferne noch, ein kleines, strichförmiges, rost- und rußfarbenes Etwas in einem von Felsen durchsetzten Packeisgebiet, ein altes Spielzeug auf einem zerschlissenen Laken. Es sah aus, als säße sie im Eis am Fuß einer erodierten, teilweise verschneiten Anhöhe, deren eine Flanke zu einer Reihe kurzer, kahler Klippen zerklüftet war. Aus dieser Entfernung gesehen, wirkte das Wrack ganz gut in Schuss: Von immer noch gespannten Wanten gehalten, ragten die beiden wohlbewahrten Masten geduldig in die Luft, und das Führerhaus hinten auf dem Deck schien noch solide genug, um zähneklappernde Gespenster zu beherbergen. Da Ferrer wusste, dass man in dieser Gegend zu Hirngespinsten neigt, und da er das Schiff zunächst selber für eine Geistererscheinung hielt, wartete er, bis sie näher waren, bevor er sich der Wirklichkeit vergewisserte.

In der Tat, in diesem Klima herrscht die Illusion. Abends zuvor noch, stellen Sie sich das vor, fuhr man im Schutz der Sonnenbrillen einher, ohne die einem die arktische Sonne Sand in die Augen treibt und Blei in den Kopf, als sich diese selbe Sonne auf einmal durch einen Nebensonnen-Effekt in den eisigen Wolken vervielfachte: Jäh waren Ferrer und seine Führer durch fünf Sonnen auf einmal geblendet, horizontal in einer Reihe angeordnet waren sie, eine davon die echte – und zusätzlich noch zwei Sterne vertikal darüber. Es hatte ein Weilchen gedauert, bis die echte Sonne allein übrig geblieben war.

Sobald man das Wrack entdeckt hatte, bedeutete Ferrer seinen Führern zu schweigen und abzubremsen, als handelte es sich um etwas Lebendiges, möglicherweise einen Eisbären mit unvorhersehbaren Reaktionen. Sie verlangsamten die Schnee-scooter, schalteten schließlich die Motoren ab und näherten sich dann vorsichtig wie ein Trupp Minenräumer, schoben die Fahrzeuge an der Lenkstange neben sich her, bis sie sie an den stählernen Bug des Schiffs lehnten. Die beiden Eingeborenen hielten sich ein Stück abseits von der *Nechilik*, Ferrer ging allein an Bord.

Die *Nechilik* war ein kleines Handelsschiff von dreiund-zwanzig Metern Länge; eine zu Füßen des Steuerruders ange-nietete Kupfertafel verriet das Baujahr (1942) und den Ort, wo sie registriert war (Saint John, New Brunswick). Schiffskörper wie Takelwerk waren von einem Eisfilm überzogen und wirk-ten, als seien sie spröde wie trockenes Holz, schienen sich aber in gutem Zustand zu befinden. Was wohl einst zwei zerknüllte Blatt Papier gewesen waren, die zwischen den Taurollen auf Deck herumkullerten, hatte sich in zwei Wüstenrosen auf einem Un-tergrund aus schockgefrorenen Blindschleichen verwandelt, das Ganze von einer Eisschicht bedeckt, die auch unter Ferrers Stiefeltritten nicht zersprang. Er betrat das Führerhaus und un-terzog es einer raschen Musterung: Ein aufgeschlagenes Regis-ter, eine leere Flasche, ein entladenes Gewehr, ein Kalender des Jahres 1957, geziert mit einem weitgehend entkleideten Mäd-chen, das einem die extreme Temperatur der Umgebung, rund fünfundzwanzig Grad minus, brutal bewusst machte, ja, sie noch kälter wirken ließ. Die gefrorenen Seiten des Registers ließen nicht zu, dass man darin herumblätterte. Durch die Scheiben der Kabine, die seit mehr als vierzig Jahren keinen Blick mehr hatten passieren lassen, schaute Ferrer über die weiße Landschaft. Dann ging er in den Laderaum und fand so-fort, was er suchte.

Alles schien nur auf ihn zu warten, verpackt in drei wuch-tige Metalltruhen, die der Zeit wacker getrotzt hatten. Nur mit Mühe bekam Ferrer ihre frostverschweißten Deckel hoch, dann sah er rasch den Inhalt durch, ging auf Deck und rief seine Führer. Angutretok und Napaseekadlak näherten sich umsichtig, respektvoll, nicht ohne zu zögern, im Inneren des Schiffs bewegten sie sich, als wären sie in einen abgelegenen Zweitwohnsitz eingebrochen. Die Truhen waren schwer, die Treppe zum Laderaum extrem rutschig, absehbar, dass es kein ganz leichtes Unterfangen sein würde, sie an Deck zu schaffen und vom Schiff zu bringen. Man vertäute sie auf den Anhängern der Schneescooter, so gut es ging, dann verschnaufte man. Ferrer sagte nichts, die beiden Führer lachten und machten unübersetzbare Scherze. Ihnen schien das alles ziemlich Wurst zu sein, Ferrer hingegen war doch recht gerührt. Da. Geschafft. Jetzt nur noch nach Hause. Trotzdem könnten sie doch erst mal ein Häppchen essen, was, schlug Napaseekadlak vor.

Während dieser also als Feuerbeauftragter den Besanmast der *Nechilik* mit dem Beil zerlegte, folgte Ferrer Angutretok zu einer genaueren Inspektion des Laderaums. Auch die zur Fracht gehörenden Pelze waren immer noch da, anders als der Rest jedoch nicht unbedingt gut erhalten, hart wie Tropenholz und fast durchweg kahl: sicher ohne weiteren Handelswert. Ferrer zog trotzdem einen kleinen Silberfuchs heraus, der etwas besser durchgehalten hatte als die übrigen und den er auftauen wollte, um ihn zu verschenken, an wen, na mal sehen. In dem Raum, der früher offenbar als Kombüse gedient hatte, entdeckte Angutretok eine Büchse Dosenfleisch, deren Haltbarkeitsdatum seit einem halben Jahrhundert abgelaufen war, und Ferrer konnte ihn nur mit Mühe davon abhalten, sie zu öffnen. Gewiss, es war schade, dass man die paar ganz interessanten Sachen nicht mitnehmen konnte, die es noch an Bord der *Nechilik* gab, nette kleine Kupferlampen zum Beispiel, eine hübsch gebundene Bibel, einen prachtvollen Sextanten. Aber man hatte auf der Rückreise schon genug zu schleppen und konnte sich kein Übergepäck erlauben. Und nach dem Essen war es dann Zeit zum Aufbruch.

Wegen der schweren Last dauerte es sehr lange, bis sie Port Radium erreichten. Schneidende Windböen sprangen ihnen entgegen, jäh wie Schnappmesserklingen, beschnitten ihren Schwung und verlangsamten sie; der Polarfrühling ließ unvermittelt tiefe Spalten im Dauerfrostboden aufbrechen: Einmal sank Ferrer bis zur Hälfte des Oberschenkels ein, es war ein enormer Umstand, ihn da herauszuziehen, zu trocknen und wieder warm zu kriegen. Man redete noch weniger als auf dem Hinweg, aß hastig und schlief kaum, Ferrer jedenfalls dachte an nichts anderes als an seine Beute. In Port Radium besorgte Angutretok ihm über Vettern zweiten Grades ein Zimmer mit kahlen Betonwänden in einer Art Club oder Heim, dem einzigen Gebäude, das in dieser Ansiedlung notdürftig als Hotel dienen konnte. Endlich allein in seinem Zimmer, saß Ferrer vor den geöffneten Truhen und listete ihren Inhalt auf.

Tatsächlich, es handelte sich wie erhofft um äußerst seltene Werke aus Früh-Walfang-Kulturen, den verschiedenen Stilen zugehörig, mit denen Delahaye und andere Experten ihn vertraut gemacht hatten. Unter anderem gab es da zwei behauene, mit blauem Vivianit überzogene Mammut-Stoßzähne, sechs aus Rentierhorn geschnittene Schneebrillen, einen kleinen Wal, aus einer Walbarte geschnitzt, einen mit Schnüren verbundenen Harnisch aus Elfenbein, eine aus Karibugeweih gebaute Vorrichtung, um Karibus die Augen auszustechen, beschriebene Steine, Quarzpuppen, Kreiselspiele aus Seehund-Unterarmknochen, das Horn eines Moschusochsen, gravierte Narval- und Haifisch-Reißzähne, Ringe und Stempel aus Meteoriten-Nickel. Dazu eine ganze Reihe Objekte, die in Magie und Totenkult verwendet wurden, brezel- oder wirbelförmig, aus poliertem Speckstein oder Nephrit, aus rotem Jaspis und grünem Schiefer, aus Feuerstein, blau, grau, schwarz und in allen Farben des Serpentins. Außerdem Masken aller Art und schließlich eine Kollektion Schädel, die Kiefer mit Obsidianstäben aneinandergeschmiedet, in den Augenhöhlen Kugeln aus Walross-Elfenbein mit Pupillen aus Jett. Ein Vermögen.

13

Wenden wir uns, Ihr Einverständnis vorausgesetzt, vorübergehend anderen Horizonten zu, gemeinsam mit jenem Mann namens Baumgartner. Heute, am 22. Juni, während Ferrer über das Packeis stapft, trägt Baumgartner einen Zweireiher aus anthrazitgrauer Schurwolle, dazu ein Hemd, schiefergrau, und eine Krawatte, bleigrau. Obgleich soeben der Sommer offiziell Einzug gehalten hat, passt der Himmel sich dieser Tracht an und spuckt immer wieder heimtückisch feinen Nieselregen aus. Eben geht Baumgartner, von der Metrostation Château-Rouge kommend, im XVIII. Pariser Arrondissement die Rue de Suez hinauf, eines jener kleinen Sträßchen in der Nähe des Boulevard Barbès, wo etliche afrikanische Metzgereien liegen, wo man lebende Hühner kaufen kann, Parabolantennen und fröhlich bunte Bazin-, Wax- und Javastoffe, allesamt in Holland bedruckt.

Auf der Seite mit den geraden Nummern sind in der Rue de Suez die meisten Fenster und Türen der alten, verfallenden Häuser mit Bruchsteinen vermauert: Offenbar steht der Abriss bevor. Eines allerdings ist nicht völlig dicht gemacht: Zwei Fenster in der obersten Etage atmen noch schwach. Schlaffe Vorhänge hinter staubblinden Scheiben – die eine diagonal gesprungen und mit Isoband geflickt, die andere ganz durch einen gerahmten schwarzen Müllsack ersetzt. Die auf halber Öffnung verkantete Eingangstür lässt einen zunächst zu zwei Reihen ungleicher, aufgestemmter Briefkästen durch, dann zu einer Treppe mit verschieden hohen Stufen und breiten Rissen in den Wänden. Hier und dort bezeugen datierte Markierungen der Stadtbauverwaltung das unbarmherzige Fortschreiten dieser Risse. Da die Treppenhausbeleuchtung ausgefallen ist, erklimmt Baumgartner die Stufen bis zur letzten Etage blind. Er klopft an eine Tür, will sie gerade aufdrücken, ohne eine Antwort abzuwarten, da scheint sie sich von selber zu öffnen, und ein sehniger, langer Kerl, rund dreißig, rennt Baumgartner fast über den Haufen. Im Dunkeln kann Baumgartner nur wenig von ihm erkennen – langes Gesicht unter hoher Stirn, fieses Grinsen unter Hakennase, kommagleich schlank zulaufende Hände, wortlos und ganz offenbar eulenäugig, denn er stürzt, ohne zu zögern, mit voller Geschwindigkeit die nachtschwarze Treppe hinab.

Baumgartner schiebt die Tür ganz auf und weiß, er wird sie hinter sich nicht wieder schließen mögen: Das stickige Kabuff, das er betritt, ist nicht unbedingt gemütlich, sondern eher eine Art innere, eine von draußen nach drinnen gezerrte Schutthalde. Zwar ist es von vier Wänden umgeben und von einer Decke bedacht, der Boden aber ist nicht zu sehen, verborgen von Abfällen, uralten Lebensmittelpackungen, Klamottenhaufen, zerfetzten Zeitschriften und faulenden Prospekten, gerade noch lesbar im Schimmer eines Kerzenstummels in einer Dose auf einer Obstkiste. Von einem Butanbrenner völlig überheizt, ist der Raum ein Block aus Gestank: Muff, Schimmel, Gas. Man kriegt kaum Luft. Aus einem Radio-Kassettenspieler am Fußende einer Matratze dudeln leise irgendwelche Geräusche.

Die Gesichtszüge des jungen Mannes, der auf dieser stinkenden Schaumstoffmatratze in Decken und aufgeplatzte Kissen gewühlt liegt, sind ebenfalls nur undeutlich erkennbar. Baumgartner nähert sich ihm, und dieser junge Mann wirkt nicht mehr ganz frisch. Vielleicht sogar ein bisschen tot? Da auf dem Radio-Kassettenspieler ein Teelöffel liegt, eine Spritze, ein dreckiger Wattebausch und die Überreste einer Zitrone, erkennt Baumgartner auf einen Blick, was hier läuft, aber er ist dennoch beunruhigt. Heh, Heilbutt, sagt er, heh, Heilbutt. Er beugt sich vor, sieht, dass der Heilbutt atmet, offenbar doch nur ein kurzes Unwohlsein, oder wer weiß, vielleicht auch ein Übermaß an Wohlsein. Jedenfalls bleibt die Physiognomie des Heilbutts, auch wenn man noch näher herangeht, auch wenn man den Kerzenstummel zu Hilfe nimmt, ungenau, als hätte die Natur ihm ein besonderes Aussehen erspart. Eine blasse Person ohne Fasson, in dunklen Kleidern, ebenfalls ohne Fasson, dabei sieht er nicht einmal so besonders schmutzig aus. Da, jetzt schlägt er sogar ein Auge auf.

Jetzt stützt er sich sogar matt auf seinen linken Unterarm und hält Baumgartner eine Hand hin, der seine so schnell wie möglich von diesen lauen, leicht öligen Fingern zurückzieht, einen Schritt nach hinten tritt und, als sein Blick nach einer Sitzgelegenheit sucht, nur einen wackligen Schemel sieht. Also verzichtet er und bleibt stehen. Sein Gegenüber sinkt wieder auf die Unterlage zurück und klagt über Übelkeit. Ich brauche, sagt er in Zeitlupe, Tee, vielleicht, aber ich kann wirklich nicht aufstehen, nein, wirklich, wirklich nicht. Baumgartner zieht die Mundwinkel nach unten, aber er kann sich wohl schlecht weigern, offenbar ist er darauf angewiesen, dass der andere wieder ein bisschen hochkommt. Bei einem obskuren Waschbecken entdeckt er etwas, das entfernt einem Wasserkessel ähnlich sieht, er füllt ihn und stellt ihn auf einen Gaskocher, dann fördert er aus den Tiefen der Schutthalde eine henkellose Tasse und eine rissige Kaffeeschale zu Tage, die eine zu klein, die andere zu groß. Der Heilbutt hat die Augen geschlossen, jetzt lächelt und grimassiert er abwechselnd. Während er wartet, dass das Wasser kocht, sucht Baumgartner Zucker, vergebens, und behilft sich mit den Überresten der Zitrone; der Radio-Kassettenspieler schlägt unterdessen weiterhin die Zeit tot. Also, sagt der Heilbutt, als er den Tee getrunken hat, wann kann's losgehen?

Paar Tage noch, sagt Baumgartner und zieht ein Mobiltelefon aus der Tasche, noch diesen Monat, denke ich. Das heißt, von jetzt ab muss ich dich jederzeit erreichen können, er hält dem jungen Mann das Telefon hin. Du musst dich bereit halten, falls es so weit ist.

Der Heilbutt greift das Telefon, erforscht zeitgleich sein linkes Nasenloch mit dem Zeigefinger, dann beäugt er nacheinander Telefon und Finger und zieht aus dieser Inspektion den Schluss: Prima, wie ist die Nummer? Die Nummer kann dir egal sein, sagt Baumgartner, ich bin der Einzige, der sie kennt, und das bleibt auch so. Eins will ich dir gleich sagen, der Apparat ist nicht zum Anrufen freigeschaltet, ja. Er kann nur angerufen werden. Du hast ihn nur, damit ich dich anrufen kann, verstanden? Gut, sagt der junge Mann und schnäuzt sich in seinen Ärmel. Also, du trägst es immer bei dir, natürlich, sagt Baumgartner und füllt die beiden Behälter. Natürlich, sagt der Heilbutt. Da ist noch was, sagt der Heilbutt, ich könnte ganz gut einen kleinen Vorschuss gebrauchen.

Natürlich, pflichtet Baumgartner ihm bei und zieht aus der Hosentasche sechs 500-Franc-Scheine, mit einer Büroklammer gebündelt. Gut, kommentiert der Heilbutt und gibt ihm die Büroklammer zurück. Mehr wäre zwar besser. Nein, sagt Baumgartner und deutet zu den Gerätschaften auf dem Radio-Kassettenspieler, ich kenne dich, du haust dir nur wieder diesen Scheiß rein. Während der sich anschließenden Verhandlung, an deren Ende er doch noch vier Scheine herausrückt, biegt Baumgartner unbewusst die Büroklammer auf, bis er ein fast gerades Stück Draht in den Fingern hat.

Später, auf der Straße, kontrolliert Baumgartner, ob sich auch keinerlei Fleck, nicht das geringste jämmerliche Molekül, das beim Heilbutt in der Atmosphäre herumgeschwirrt ist, auf seiner Kleidung niedergelassen hat. Dennoch klopft er sie aus, als hätte die umgebende Luft sie verschmutzt, obwohl er peinlich darauf geachtet hat, dass sie mit nichts in Berührung kommt, er sollte sich vielleicht die Hände waschen, wenn er wieder zu Hause ist, und vielleicht auch die Zähne putzen. Jetzt geht er zur Metrostation Château-Rouge, um zu seiner neuen Wohnung zu gelangen. Es herrscht nicht viel Andrang, die Metro ist nur halbvoll, und viele Bänke sind unbesetzt: Dennoch nimmt Baumgartner lieber einen Klappsitz.

Ungeachtet des Ausnutzungskoeffizienten und selbst, wenn die Metro leer ist, nimmt Baumgartner immer lieber einen Klappsitz als eine Bank, anders als Ferrer, der Bänke lieber hat. Da diese einander gegenüber angebracht sind, liefe Baumgartner gezwungenermaßen Gefahr, neben jemandem zu sitzen oder Auge in Auge mit jemandem, meistens übrigens beides auf einmal. Das würde wiederum Berührungen und Befangenheiten mit sich bringen, Kontakte, die knifflige Frage, ob man die Beine so oder so aneinander vorbei schiebt, unerbetene Blicke und Gespräche, von denen er nichts wissen will. Alles in allem, sogar zu den Hauptverkehrszeiten, wenn man möglicherweise aufstehen muss, um ein bisschen Platz zu machen, erscheint ihm der Klappsitz in jeder Hinsicht vorteilhafter. Individuell, mobil und flexibel im Gebrauch. Es versteht sich von selbst, dass der allzu seltene einzelne Klappsitz in seinen Augen wiederum den paarweise nebeneinander angebrachten Klappsitzen überlegen ist, die ihrerseits nicht zuverlässig vor Berührungsrisiken schützen können – obwohl immer noch besser, als die Unbequemlichkeiten der Bänke in Kauf zu nehmen. So ist Baumgartner eben.

Eine halbe Stunde darauf, wieder in seinem neuen Domizil am Boulevard Exelmans, stellt Baumgartner fest, dass er ein Stückchen Draht in den Fingern hält, kann sich nicht dazu entschließen, es wegzuwerfen, steckt es in einen Blumentopf und legt sich aufs Sofa. Jetzt macht er die Augen zu, er würde gern schlafen, würde gern alldem hier für zwanzig Minuten, ein halbes Stündchen entkommen, bitte, aber nein, nichts zu machen.

14

Auch Ferrer hatte natürlich die ganze Nacht lang kein Auge zugetan. Vor den geöffneten Truhen kniend, hatte er jedes Objekt einzeln immer wieder von allen Seiten betrachtet. Jetzt war er erschöpft, hatte keine Kraft mehr, sie anzuschauen, begriff nicht mehr, was er sah, hatte nicht einmal mehr genug Energie, um sich zu freuen. Starr und steif war er aufgestanden und unter Ächzen ans Fenster getreten, hinter dem es, so dachte er, gerade Tag wurde, doch nein, Fehlanzeige, in Port Radium war die Sonne ebenso wenig untergegangen wie er ins Bett.

Ferrers Zimmer sah aus wie ein kleiner Ein-Personen-Schlafsaal, was ein Widerspruch in sich sein mag, aber genau das war es: fahle, kahle Wände, Glühbirne an der Decke, Linoleumboden, gesprungenes Waschbecken in einer Ecke, Etagenbett, Ferrer hatte das untere genommen, kaputtes Fernsehgerät, Schrank mit nichts drin außer einem Kartenspiel – ideal zum Patiencen-Legen, aber in Wirklichkeit unbrauchbar, weil um ein Herz-As amputiert –, kräftiger Schmierölgeruch und stotternde Heizung. Nichts zu lesen, aber Ferrer hatte ohnedies keine große Lust zum Lesen, endlich konnte er einschlafen.

Nach seinem Besuch auf der *Nechilik* wollte er in Port Radium ein bisschen Atem holen – jedes Mal übrigens, wenn man hier ausatmete, stieg eine spiralige Dampfsäule, dicht wie Watte, von den Lippen auf, bevor sie an den eisigen Marmor der Luft krachte. Nachdem Angutretok und Napaseekadlak seinen Dank und ihren Lohn entgegengenommen hatten und nach Tuktoyaktuk aufgebrochen waren, musste Ferrer gut zwei Wochen lang in dieser Stadt ausharren, deren touristische Infrastruktur sich auf dieses Zimmer beschränkte, das neben einer Waschküche lag. Ob das hier nun ein Clubhaus, ein Wirtschaftsgebäude oder ein Wohnheim war, Ferrer würde es nie genau erfahren, denn es war immer leer und der Betreiber stumm. Jedenfalls nicht unbedingt redselig, vielleicht traute er dem Frieden auch nicht so recht, selten nur verschlug es Touristen in dieses gott- und menschenverlassene Kaff: Nie wird es mal dunkel, das Unterhaltungsangebot ist beschissen, es herrscht ein Mistwetter. Da es weder eine Polizeiwache noch sonst welche Vertreter der öffentlichen Macht gibt, liegt der Verdacht nahe, der Fremde wolle den Zugriff der Gerechtigkeit fliehen. Nicht wenig Geld in Dollars, nicht wenig Lächeln und Zeichensprache benötigte Ferrer, bis das Misstrauen dieses Betreibers dann endlich umschifft war.

Ebenso war es nicht leicht, unter den Einwohnern von Port Radium einen Handwerker aufzutreiben, der im Stande war, geeignete Behälter für die Fracht der *Nechilik* anzufertigen. Umso weniger leicht, als es Holz in diesem Klima praktisch nicht gibt: Und auch sonst gibt es fast nichts, aber wie immer ist alles möglich, nur eine Frage des Preises. Ferrer lernte den Lagerverwalter des Supermarkts kennen, der sich bereit erklärte, solide Verpackungen von Fernsehern, Kühlschränken und Werkzeugmaschinen in die benötigte Größe zu bringen. Es würde ein bisschen dauern, Ferrer musste sich gedulden. Meist hielt er sich in seinem Zimmer auf, denn er wollte die Antiquitäten nicht allein lassen, und langweilte sich maßlos, wenn er sich an ihnen satt gesehen hatte. Port Radium kann wirklich alles andere als amüsant sein, hier passiert nicht viel, vor allem Sonntags, wenn sich drei Faktoren eng miteinander verknüpfen, einander zum höchstmöglichen Wirkungsgrad potenzierend: Langeweile, Stille, Kälte.

Bei Gelegenheit ging er ein bisschen spazieren, aber zu sehen gab es auch nicht viel: dreimal so viele Hunde wie Leute und zwanzig wellblechüberdachte Häuselchen in matten Farben, außerdem zwei Riegel Wohnhäuser, dem Hafen gegenüber. Wegen der Temperatur blieb Ferrer ohnehin nie lange draußen. Durch die meist menschenleeren Straßen umrundete er rasch diese Häuser, die ihrerseits mit abgerundeten Ecken gebaut waren, damit die Kälte sich nicht daran festsetzen konnte, damit dem Frost möglichst wenig Angriffspunkte geboten wurden. Der Weg zum Anleger führte an der gelb gestrichenen Ambulanz entlang, am grünen Postamt, dem roten Supermarkt und der blauen Werkstatt, vor der einige Reihen Schneescooter warteten. Im Hafen dann harrten ein paar müßige Reihen Boote auf Reede einer milderen Jahreszeit. An Land war der meiste Schnee geschmolzen, aber das Packeis, nur von einem schmalen Kanal durchbrochen, verbarrikadierte immer noch große Teile der Bucht.

Gelegentlich konnte er in der allgemeinen Stille auch einige Aktivitäten beobachten. Zwei vorausschauende Individuen nutzten das Tauwetter und hoben im vorübergehend weichen Boden Gruben aus, um diejenigen ihrer Nächsten darin zu beerdigen, die im Verlauf des nächsten Winters sterben würden. Zwei weitere errichteten, umgeben von Fertigteilen, ihr als Bausatz geliefertes Haus, die Bauanleitung verdankten sie einer mitgelieferten Videokassette; ein Generator versorgte, die Stille zerknatternd, den Videoplayer, den sie unter freiem Himmel aufgebaut hatten. Drei Kinder brachten leere Flaschen in den Supermarkt. Beim Hafen drüben ragte eine alte Metallkirche über der Bootslände auf, wo zwei bleigraue Schlauchboote, die sich eben einen Weg durch den Kanal gebahnt hatten, zwölf in Anoraks gekleidete, grob beschuhte Passagiere aushusteten. Der gefrorene Deckel des Sees war bereits an mehreren Stellen zu großen Platten mit einförmigen Umrissen geborsten, ähnlich den Teilen eines einfachen Puzzles für Anfänger, und, unter der blassen Sonne schwitzend, schaukelten gegen hundert Eisberge im Wasser, große wie kleine. Auf dem Rückweg zu seiner Unterkunft kam Ferrer wieder an den beiden hausbauenden Männern vorbei. Offensichtlich wollten sie ein bisschen auf andere Ideen kommen oder sich eine Arbeitspause verschönern, denn sie hatten das Video des Hausbauunternehmens durch eines mit pornografischem Inhalt ersetzt, das sie ernst und im Stehen verfolgten, reglos, wie meditierend, ohne ein Wort. Die ersten Tage über nahm Ferrer die Mahlzeiten allein in seinem Zimmer ein und kam erst gar nicht in die Verlegenheit, mit dem Betreiber zu kommunizieren. Doch auch als dieser etwas zutraulicher wurde, blieben seine Gesprächsbeiträge eher mager. Zudem ist es ermüdend, wenn man sich nur mit Gesten verständigen kann. Bei Ferrers kurzen Ausflügen lächelten die Einheimischen, die er bisweilen traf, ihm stets zu, und er lächelte zurück, aber dabei ließ man es bewenden. Dann, zwei Tage vor seiner Abreise, als er versuchsweise durch ein vergilbtes Fenster in das Innere eines dieser Häuser schauen wollte, sah er hinten im Zimmer eine junge Frau, die ihn anlächelte wie alle anderen. Wie bei allen anderen erwiderte er das Lächeln, doch diesmal mischten sich die Eltern des Mädchens ein. Sie hatten offenbar nichts anderes zu tun und luden ihn leutselig ein, etwas mit ihnen zu trinken. Um den Whisky zu kühlen, schickten sie das Mädchen zum nächstgelegenen Eisberg, ein paar Brocken abschlagen, dann trank man ex und hopp und plauderte gebrochen auf Englisch, bald wurde er gebeten, zum Abendessen zu bleiben, Seehund-Mousse und Steak vom Babywal. Zunächst jedoch führte man ihm das Haus vor: hervorragende Isolierung, Fernsprecher, Fernseher, großer Backofen und moderne Küche, niedrigpreisiges Weichholzmobiliar, nordischer Stil, wie es auch in der Pariser Banlieue zu finden ist.

So fraternisierte Ferrer mit der ganzen Familie Aputiarjuk. Bei Tisch hatte er ein wenig Mühe, den Beruf des Vaters zu begreifen, bis er begriff, dass er keinen hatte. Er ging lieber als Empfänger staatlicher Unterstützung an die frische Luft, auf Seehundjagd, als in einem kleinen Büro zu schwitzen, in einer großen Fabrik oder auf einem dicken Schiff. Sogar die Fischerei war in den Augen dieses Mannes ein jämmerlicher Broterwerb: Nichts kommt der Seehundjagd gleich, dem einzigen wahren Sport, der wirklich Spaß macht. Da Ferrer ebenso wie die anderen Trinksprüche ausbrachte, trank man nun also gründlich auf die Seehundjagd, man trank enthusiastisch auf die Gesundheit der Seehunde überhaupt, und schon – Alkohol macht rührselig, das weiß man ja – lud man ihn ein, gleich die Nacht hier zu verbringen, falls er Lust dazu hatte, er könnte doch ganz ohne Probleme mit im Zimmer der Tochter schlafen, und morgen würde man einander erzählen, was man geträumt hat, wie es in diesen Breiten alle Familien allmorgendlich zu tun pflegen. Ferrer fiel es wirklich nicht leicht, das Angebot auszuschlagen, die Lampen gaben ein so mildes Licht, das Radio spielte Tony Bennet, es war warm, der Ofen bullerte, alle lachten, das Mädchen lächelte ihn an, ach ja, damals in Port Radium.

15

Nach seinem Besuch beim Heilbutt neulich war Baumgartner
also auf einem Metro-Klappsitz zu seiner neuen Adresse heim-
gekehrt, dann ist eine gute Woche vergangen. Diese Unterkunft
befindet sich unweit der Rue Michel-Ange hinter einem häss-
lichen Haustor des Boulevard Exelmans: Drei Dreißiger-Jahre-
Villen liegen hier wie hingewürfelt im Park hinter der vietnamesischen Botschaft.

Man ahnt ja gar nicht, wie hübsch das XVI. Arrondissement
sein kann, von innen her gesehen. Man nimmt an, dass es wirklich so trist ist, wie es scheint, man täuscht sich. Die düsteren
Boulevards und abweisenden Straßen, wie Schutzwälle oder
Bollwerke angelegt, sind nur äußerlich öde und bergen erstaunlich anmutige Behausungen. Eine der trickreichsten Listen der
Reichen besteht nämlich darin, glauben zu machen, sie lang-
weilten sich in ihren Vierteln, man möchte schon fast Mitleid
haben, sie ob ihres Vermögens bedauern, als wäre es ein Handi-
cap, als zwänge es ihnen deprimierende Lebensumstände auf.
Von wegen. Kolossaler Irrtum.

In der letzten Etage einer dieser Villen hat Baumgartner für
eine sehr hohe Miete ein sehr großes Apartment gemietet. Die
Treppe, die dort hinaufführt, ist in sehr dunklem Grün gestrichen, fast schwarz. Das Apartment selber hat Wände aus
schwarzem Marmor, einen Kamin in weiß geädertem Marmor
und in die Decken eingelassene Punktleuchten. Langgezogene,
mehr oder weniger leere Regalbretter, ein langer Tisch, darauf
ein abgegessener Teller, ein langes Sofa unter blauem Überwurf.
Der Raum so weitläufig, dass ein Bechstein-Flügel in der einen

Ecke zum Detail schrumpft und der riesige Fernseher in der anderen Ecke aussieht wie ein winziges Guckloch. Und auch sonst kein überflüssiges Möbelstück, nur ein geräumiger Schrank mit einer umfangreichen, fabrikneu wirkenden Garderobe. Hohe Fenster gehen auf Akazien, Nelken, Efeu und Kies hinaus, hinter ihnen erstreckt sich eine Terrasse in einer schmalen, hohlen Einfriedung voller Erde, in der ohne rechte Überzeugung ein paar Kräuter sprießen, Un- und andere, darunter ein Löwenzahn.

In den wenigen Tagen, seit er hier wohnt, hat Baumgartner das Haus so wenig wie möglich verlassen. Er kauft kaum ein, bestellt Nahrungsmittel via Minitel. Weltabgeschieden scheint er seine Stunde abzuwarten. Er tut den lieben langen Tag fast nichts. Er gibt den Boten gute Trinkgelder. Er scheint daran gewöhnt, allein zu leben, ist durchorganisiert wie ein Junggeselle. Aber er ist keiner. Beweis: Er telefoniert mit seiner Frau.

Der schnurlose Apparat erlaubt ihm, beim Sprechen durch das Apartment zu wandern. Ja, sagt er und geht vom Bechstein zum Fenster, na ja, du weißt ja, wie das ist, wenn man allein wohnt. Vor allem Tiefgefrorenes, erklärt er und spielt mit der Fernbedienung, stellt den Ton ab und lässt die Kanäle durchlaufen: Serien, Dokumentarfilme, Spielshows. Nein, sagt er, stimmt, Vitamine hab ich vergessen. Na jedenfalls, wendet er ein, beendet den Satz nicht und schaltet den Fernseher ab, um aus dem Fenster zu schauen: Wolken, Winden, Elstern.

Gut, jedenfalls habe ich im Viertel noch keine Apotheke gesehen, hebt er wieder an und geht zum Bechstein, setzt sich davor und stellt den Hocker auf seine Höhe ein. Er tritt das Dämpfer-Pedal und schlägt auf der Tastatur den einzigen Terz-Akkord an, den er kennt. Ach ja, hast du gehört, ja, nein, ein Stutzflügel. Also hör jetzt, du solltest ihn aushorchen, sobald er zurück ist, ja, sagt er im Aufstehen und entfernt sich vom Flügel. Er kommt an einem Blumentopf vorbei, zieht das Drahtstückchen heraus, das er neulich hineingesteckt hat, und biegt es zu verschiedenen Formen: Spirale, Blitz, Fernsehantenne.

Woher soll ich das denn wissen, schreit Baumgartner auf einmal, mach ihn an oder sonst was. Ach was, natürlich weißt du wie, lächelt er und massiert sich die Nasenflügel. Nein, ich glaube, ich mache mich besser ein bisschen aus dem Staub, sonst laufe ich am Ende noch wem über den Weg. Ich behalte das Apartment, aber ich fahre für ein paar Tage aufs Land. Natürlich melde ich mich. Nein, ich fahre heute Abend, ich fahre ganz gern nachts. Natürlich. Natürlich nicht. Ja, ich küsse dich auch. Er schaltet ab, schaltet wieder an und wählt die nur ihm bekannte Nummer des Apparats, den er dem Heilbutt gegeben hat. Es läutet ziemlich lange, bis abgenommen wird. Hallo, ja, sagt der Heilbutt, ich höre, ach ja, guten Tag, Monsieur. Ganz offensichtlich klingt die Stimme des Heilbutts nicht ganz taufrisch: ein benommener, zäher Brei, unartikuliert und irgendwie schläfrig, die Vokale schleifen die Konsonanten mühsam hinter sich her.

Und beim Heilbutt, in der gewohnt schummrigen Beleuchtung, fummelt die Silhouette des großen, dunkel gekleideten Kerls, dem Baumgartner neulich vor der Tür begegnet ist, auf einem Taschenspiegel mittels einer Rasierklinge mit irgendetwas herum, er sitzt neben dem Radio-Kassettenspieler, man sieht kaum was. Der große Dunkle lächelt hart.

Wie, fragt der Heilbutt, was soll mit meiner Stimme sein? Nein doch, ich habe nichts genommen, ich habe nur geschlafen, das ist alles, ich bin nie gleich ganz wach, wenn ich geweckt werde. Sie nicht? (Der große Finstere markiert stumm einen übertriebenen Lachanfall, gibt dabei aber Acht, die Luft anzuhalten, aus Angst, die beiden weißen Streifen vor seinen Augen wegzupusten.) Das Problem ist nur, ich brauch wohl noch ein bisschen Cash. (Der Finsterling nickt energisch.) Wie, kommt nicht in Frage? (Finsteres Stirnrunzeln.) Moment mal, warten Sie – aufgelegt, also wirklich.

Nachdem er aufgelegt hat, packt Baumgartner seinen Koffer. Da er eine Zeitlang braucht, um die Kleidung sorgfältigst auszuwählen, und da er bei der Gelegenheit alles durchgeht, dauert die Sache länger als eine Stunde, aber er hat alle Zeit der Welt: Er wird Paris erst abends verlassen. Zunächst über den Außenring bis zur Porte d'Orléans, dort auf die Autobahn und immer so weiter bis nach Südwestfrankreich, via Poitiers, wo er übernachten wird. Und die kommenden Wochen über wird Baumgartner durch ganz Aquitanien gondeln, als hätte er Ferien, allein, jede dritte Nacht in einem anderen Hotel, und er wird strikt allein schlafen. Offenbar ohne einem vorgezeichneten Weg zu folgen, ohne nach einem genauen Plan vorzugehen. Dann verlässt er immer seltener das Departement Pyrénées-Atlantiques und vertreibt sich die Zeit in den wenigen Museen, die er dort findet, allmorgendlich besichtigt er Kirchen, hakt sämtliche touristischen Ziele ab, schaut sich allnachmittäglich in leeren Kinosälen ausländische Filme in französischer Synchronisation an. Manchmal fährt er stundenlang ins Blaue, hat kaum einen Blick für die Landschaft übrig und nur manchmal ein Ohr für die spanischen Radiosendungen, er hält nur an, um das Gras der Böschung zu berieseln, einen Baum oder einen Graben, manchmal auch verbringt er den ganzen Tag im Hotelzimmer mit Zeitschriftenstapeln oder Fernsehserien.

Baumgartner, der offenbar so unauffällig bleiben will, wie es nur geht, der von niemandem gesehen werden möchte, spricht mit so wenig Menschen, wie es sich einrichten lässt, und ruft, vielleicht um den Sprachgebrauch nicht völlig zu verlernen, allabendlich seine Frau an, den Heilbutt alle vier, fünf Tage. Doch abgesehen davon tritt er, sei es im Clos Zéphyr (Bayonne), in der Résidence des Meulières (bei Anglet) oder im Hôtel Albizzia (Stadtrand von Saint-Jean-de-Luz), mit niemandem in Kontakt.

16

Man denke sich ein entsetztes Kaninchen, das im Morgengrauen über eine ausgedehnte Grasfläche hetzt, was seine Beine hergeben. Man denke sich ein Frettchen namens Winston, das das Kaninchen verfolgt. Da dieses unfern den Einschlupf zu seinem Bau erkennt, wähnt sich das naive Ding schon fast in Sicherheit und seiner Rettung nah. Doch kaum ist es abgetaucht und in den letzten unterirdischen Winkel geflohen, da hat das Frettchen, ihm immer dicht auf den Fersen, es bereits in dieser Sackgasse gestellt, hat es im Dunkeln bei der Halsschlagader geschnappt und diese durchgebissen. Dann lässt es sich alle Zeit, saugt es aus, berauscht sich an seinem Blut und seinem Fleisch, wovon leises Knochenknacken und obszöne Lutschgeräusche zeugen. Satt und im selbstgefälligen Bewusstsein der verdienten Siesta, schlummert das Frettchen schließlich neben seiner Beute ein.

Man denke sich zwei technische Mitarbeiter des Pariser Flughafens, die geduldig am Eingang das Baus warten. Als sie finden, nun habe die Siesta lange genug gedauert, rufen sie das Frettchen mehrmals beim Namen. Nach einem Moment taucht Winston auf, vorwurfsschweren Blicks, den Leichnam des Kaninchens im Schlepptau, die Schneidezähne wie Heftklammern in dessen Hals geknipst. Die technischen Mitarbeiter packen den Kadaver bei den Ohren und sperren Winston in seinen Käfig zurück. Wie jedes Mal die Frage der Aufteilung des Kaninchens erörternd, die Frage der Zubereitung, die Frage der Sauce, steigen sie in ein kleines Elektrofahrzeug und entfernen sich zwischen den Start- und Landebahnen des Flughafens, auf deren einer soeben die Maschine mit der Flugnummer QN560 aus Montreal gelandet ist, der nun Ferrer entsteigt, ziemlich zerschlagen und von der Zeitumstellung gezeichnet.

Er hatte länger in Port Radium bleiben müssen als gedacht. Warmherzig von Familie Aputiarjuk adoptiert, bei der er schließlich alle Mahlzeiten einnahm und deren Tochter ihn allnächtlich in seinem Zimmer aufsuchte, hatte er die Herstellung der Behälter ein wenig schleifen lassen. Ein paar Tage lang, das muss man zugeben, hatte er, derart fühlte er sich bei den Aputiarjuks zu Hause, kaum mehr an seine Schätze gedacht. Glückliche Tage in Port Radium. Doch als die Behälter fertig waren, musste er sich zum Aufbruch entschließen. Ferrer fürchtete ein wenig, Enttäuschung hervorzurufen, wie üblich, doch die Eltern Aputiarjuk hatten keine Geschichten gemacht, als er ihnen klar machte, dass er nicht ihr Schwiegersohn sein würde, so dass der Abschied am Ende doch ganz fröhlich ausfiel.

Eine Twin Otter zu chartern, jenes in der Arktis häufig gebrauchte zweimotorige kleine Flugzeug, und sich mit den Zöllnern in Montreal herumzuschlagen, all das hatte auch seine Zeit gedauert. Dann war der Tag der Rückkehr nach Frankreich gekommen, und bitte, da sind wir. Es war wiederum ein Sonntag, Mitte Juli jetzt, sehr früh morgens, das nächtliche Fegen, Wischen, Bohnern und Polieren des Flughafens war gerade erst beendet, in einem langgezogenen Rumpelkonzert setzten sich Rolltreppen und Laufbänder wieder in Bewegung.

Zu dieser Stunde arbeitete hier noch fast niemand, außer den Zöllnern und Airport-Ärzten, die sich allzu intensiv mit einem Grüppchen pakistanischer Pseudo-Juweliere und angeblichen Touristen kolumbianischer Staatsbürgerschaft beschäftigten, um sich lange mit Ferrer aufzuhalten. Sie untersuchten diese Leute mit Röntgengeräten, verabreichten ihnen Unmengen von Abführmitteln, damit sie ihre Edelsteine und Kokainpäckchen von sich gaben, und mussten dann angewidert Handschuhe anziehen, um diese Waren sicherzustellen; auch hatten sie den illegalen Import von Vogelspinnen und Boas Constrictor zu verhindern, von stangenweise hellen Zigaretten, tief in

Maniokmehl verbuddelt, von radioaktivem Material und Produkten der Markenpiraterie. Dank des Andrangs an jenem Morgen kam Ferrer ohne Schwierigkeiten durch die mit verdächtigen Kisten vollgestellte Frachtzone und passierte unerkannt die Schranken der Kriminalpolizei wie die der Mitarbeiter des Finanzministeriums. Dann, als er seine Behälter wiederhatte, musste er telefonieren, um einen Lieferwagen für ihren Transport aufzutreiben. Am Sonntag war das wahrscheinlich kompliziert, doch Ražputek, aus tiefem Schlaf gejagt, willigte ein zu kommen, nachdem er erst einmal ordentlich gestänkert hatte. Bis der Wagen da war, ging Ferrer sich die Zeit wiederum im Wartezimmer des Andachtsraums vertreiben.

So, wie der Maschinenraum auf einem Schiff unterhalb des Decks liegt, befindet sich der Andachtsraum im Tiefgeschoss des Fughafens, zwischen Rolltreppe und Aufzug. Das Wartezimmer ist kühl und mit Metallstühlen möbliert, mit Ständern voller Broschüren in sieben Sprachen, mit Schalen, in denen fünferlei Grünpflanzen wachsen. Die Flügel von drei angelehnten Türen sind mit Kreuz, Stern oder Halbmond versehen. Auf einem der Stühle sitzend, musterte Ferrer die übrige Ausstattung des Raums: Wandtelefon, Feuerlöscher, Gabenstock.

Da jetzt, früh am Morgen, kaum jemand hier war, wagte Ferrer drei Blicke durch die drei Türen. Die Mikrosynagoge war fast kahl, drei Stühle um einen niedrigen Tisch. Dasselbe in der Mikrokapelle, plus Blumentopf, Altar, Madonnenstatue, plus Schreibheft und Kugelschreiber und zwei handschriftlichen Zetteln: Der eine mit dem Hinweis auf die Gegenwart des Allerheiligsten, der andere mit der Bitte, den Stift nicht zu entwenden. Die Mikromoschee wiederum war mit grünem Teppichboden ausgelegt, darauf ein Garderobenständer und eine Fußmatte, neben der ein paar Turnschuhe geduldig warteten, ein paar Sandalen und ein paar Arbeitsschuhe mit Stahlkappe, Eigentum von nordafrikanischen, zentralafrikanischen und vorderorientalischen Gläubigen.

Mit fortschreitender Zeit tauchte nach und nach die Kundschaft des Andachtsraums auf. Sie bestand weniger aus Fluggästen denn aus Flughafenangestellten, Instandhaltungs- oder Reinigungspersonal im blauen Overall, Wachmännern, meist schwarzhäutig, stets vierschrötig, Walkie-Talkies und Pieper um den Hals. Dann doch auch ein paar zivile Nutzer: Eine hübsche libanesische Nonne, eine bulgarische Mutter mit ihrem großen Sohn, ein kleiner, schmächtiger junger Mann mit Bart und äthiopisch anmutenden Gesichtszügen – in seinen rot geränderten Augen stand der Horror vacui, die Angst vor der Luftkrankheit, vor dem Start wollte er noch das Sakrament durch einen Priester empfangen, Ferrer musste mit ehrlichem Bedauern einräumen, dass er dieser Priester nicht war.

Der Lieferwagen mit Ražputek am Steuer tauchte am späten Vormittag auf. Die Behälter wurden auf-, dann, bei der Galerie, wieder abgeladen und sorgsam hinten im Atelier verstaut; Ferrer wollte zu Fuß nach Hause gehen. Im Aufbruch schaute er sich an, wie weit die Baustelle gediehen war: Die Grube schien fertig ausgehoben zu sein, man hatte Metallbaracken aufgestellt, die Männer wie Maschinen beherbergen sollten. Ein riesengroßer roter Kran baute zwei große gelbe Kräne auf. Unter der Woche versprach das ein Höllenlärm zu werden, na, abwarten.

Die Stille, die in Paris an diesem Sommersonntag herrschte, erinnerte an die Stille im Packeis, nur dass die Sonne hier nicht das Eis, sondern den Asphalt oberflächlich anschmelzen ließ. Als er zu Hause auf seiner Etage ankam, überraschte ihn das Fehlen von Exstatics Elixir, als hätte die Stille in der Stadt alles verschwinden lassen und dabei auch die Düfte dezimiert. Laut Auskunft der Hauswartsfrau war Bérangère Eisenmann in seiner Abwesenheit umgezogen. Also stand ihm keine Frau mehr zur unmittelbaren Verfügung. Ferrer trug den Schlag recht tapfer und stieß beim Auspacken auf das Fell von der *Nechilik*: Es sah fürchterlich aus, die Haare lösten sich in Placken von der Haut, die sich jetzt, bei Normaltemperatur, zu einem erstarrten, stinkenden Kleister zersetzt hatte. Ferrer beschloss, das Fell wegzuwerfen, bevor er die Post in Angriff nahm.

Auf den ersten Blick ein ganzer Berg Post, aber als er die Rechnungen erledigt und Familienanzeigen, Einladungen, Wurfsendungen und Zeitschriften weggeworfen hatte, blieb nur noch eins, eine Vorladung vor das Familiengericht, in drei Monaten, am 10. Oktober für einen Termin mit Suzanne beim Richter im Rahmen des laufenden Scheidungsverfahrens. Er sollte also überdies ohne jede Frau dastehen, aber wie wir ihn kennen, wird das nicht lange so gehen. Höchstens ein paar Tage.

17

Und bitte, was haben wir gesagt, noch sind keine zwei Tage vorbei, da taucht schon eine auf. Dienstag früh hatte Ferrer einen Termin mit seinem Experten, der von einem Mann und einer Frau begleitet in der Galerie vorsprach, seinen Assistenten. Der Experte hieß Jean-Philippe Raymond, war knapp fünfzig, eine dunkle, sehnige Jagdmessergestalt, behängt mit allzu großen Kleidern, von konfuser Rede, skeptisch verzogenem Mund und scharfem Blick. Er bewegte sich mit einer unsicheren, aus dem Gleichgewicht geratenen Vorsicht, klammerte sich an den Stuhllehnen fest wie an einer Reling bei Windstärke 9 auf der Beaufort-Skala. Ferrer kannte ihn schon ein wenig, diesen Experten, da er ihn bereits zwei-, dreimal hinzugezogen hatte. Der Assistent trat etwas sicherer auf, dazu bediente er sich gerösteter Erdnüsse, die er unablässig aus der Tiefe seiner Tasche beförderte und eines fettdurchweichten Kleenex-Tuches, an dem er sich alle fünf Minuten die Finger abwischte. Die Assistentin nun, die wohl so auf die dreißig zuging, hörte schlicht und einfach auf den Namen Sonia. Sie war blond und hatte sandfarbene Augen, aus ihrem schönen, finsteren Gesicht sprachen Frost oder Glut, sie trug ein schwarzes Kostüm mit cremeweißer Bluse, und ihre Hände waren fortwährend in Bewegung: eine Schachtel Bensons auf der einen Seite, ein Ericsson-Handy auf der anderen.

Ferrer bat sie, Platz zu nehmen, bevor er begann, seine dem Frost entrissenen Schätze auszupacken. Als Jean-Philippe Raymond endlich saß, untersuchte er die Objekte mit Schmollmiene, ohne jeden Kommentar, und gab nur von Zeit zu Zeit esoterische, kodierte Bemerkungen von sich, Zahlen- und Buchstabenfolgen. Hinter ihm stehend, flüsterte Sonia sie in ihr Ericsson, wer weiß wem ins Ohr, worauf sie flüsternd die ebenso abstrakten Antworten ihres Gesprächspartners bekannt gab, worauf sie sich eine neue Benson anzündete. Wonach der Experte und sein Assistent eine obskure Diskussion begannen, während der Ferrer, ohne weitere Hoffnung, etwas davon zu begreifen, immer häufiger Blicke mit Sonia wechselte.

Man kennt derlei, wenn zwei Unbekannte, die einander aber in einer Gruppe spontan gefallen, sich sofort und beharrlich solche Blicke zuwerfen. Kurze, aber ernste und leicht beunruhigte Blicke sind das, sehr kurz sogar und zugleich sehr lang, jedenfalls wirken sie länger, als sie in Wirklichkeit sind, und schleichen sich heimlich in das Gespräch der Gruppe ein, die nichts davon bemerkt oder zumindest so tut als ob. Auf jeden Fall schaffen sie Verwirrung, was sich daran zeigte, dass die Assistentin Sonia offenbar die Funktion ihrer beiden Accessoires nicht mehr so ganz auseinander hielt und für zwei Sekunden in ihre Bensons sprach.

Die Erstellung der Expertise dauerte ein knappes Stündchen, in dessen Verlauf keiner der beiden Männer sich auch nur kurz an Ferrer wandte, nach dessen Ablauf aber Jean-Philippe Raymond besorgniserregend den Mund verzog. Mit Richtung Boden herabsinkenden Mundwinkeln kritzelte er, missgelaunt den Kopf schüttelnd, einige Zeichenkolonnen in ein schmales, in purpurrotes Eidechsenleder gebundenes Heft, und Ferrer dachte angesichts dieser Grimasse, es sei versiebt: Das Ganze ist keinen roten Heller wert, die Reise war ein Schuss in den Ofen. Als er jedoch so weit war, verkündete der Experte beiläufig seine Schätzung. Die Summe, wenn auch noch vor Abzug der Steuern und voll Herablassung geäußert, reichte ohne weiteres an den Kaufpreis von ein, zwei Loire-Schlösschen heran. Ich meine nicht die großen Loire-Schlösser, wohlgemerkt, ich sage nicht Chambord oder Chenonceaux, ich denke an die kleinen oder mittleren à la Montcontour oder Talcy, und das ist ja auch schon überhaupt nicht schlecht. Ich darf wohl annehmen, dass Sie einen Tresor haben, meinte der Experte, ist ja eigentlich keine Frage. Ähm, leider nicht, antwortete Ferrer, einen Tresor, nein. Also das heißt, ich habe schon einen, hinten, aber der ist ein bisschen klein. Das muss alles in einen Tresor, sagte Jean-Philippe Raymond ernst, in einen großen Tresor. Sie können das nicht hier rumstehen lassen. Außerdem sollten Sie sich möglichst bald mit ihrer Versicherung ins Benehmen setzen, Sie haben keinen Tresor, aber versichert werden Sie doch wenigstens sein? Gut, sagte Ferrer, ich kümmere mich gleich morgen darum. Ich an Ihrer Stelle, sagte Raymond, während er sich erhob, würde nicht bis morgen damit warten, aber bitte, tun Sie, was Sie wollen. Ich verschwinde jetzt, ich lasse Ihnen Sonia da für die Expertisengebühr, Sie können alles Weitere mit ihr regeln. Alles Weitere mit ihr regeln, denkt Ferrer, aber gern doch.

Und wie läuft das Geschäft sonst so? fragte Raymond ohne Interesse und schlüpfte in den Mantel. Die Galerie? Doch, gut, versicherte Ferrer. Ich habe ein paar Stars, wagte er zu behaupten, um Sonia zu beeindrucken. Aber ich kann sie nicht alle zwei Jahre ausstellen, nicht wahr, diese Stars sind einfach zu begehrt. Außerdem habe ich gerade ein paar jüngere Neue reingekriegt, aber das ist wieder eine andere Geschichte, Sie wissen ja. Jüngere Neue darf man auch nicht gleich zu oft zeigen, sonst erschöpft sich das, also stelle ich dann und wann mal was von ihnen aus, mehr nicht. Am besten, so erläuterte er, wäre es, die hin und wieder mal auszustellen, im Obergeschoss, wenn ich ein Obergeschoss hätte, Sie wissen schon, aber doch, es läuft gut, wirklich gut. Er sprach nicht weiter, gewahr, dass er ins Leere redete und alle schon woandershin schauten.

Doch in der Tat, nach Regelung der Kostenfrage würde es nicht weiter kompliziert sein, Sonia zum Abendessen einzuladen, die es zwar nicht zeigen wollte, aber doch ziemlich beeindruckt war. Es war mild, es würde angenehm sein, draußen zu essen, und Ferrers Reisebericht würde diese junge Frau im höchsten Grade interessieren – in so hohem Grade, dass sie ihr Ericsson aus- und immer mehr Bensons anmachte –; dann würde er sie nach Hause begleiten, zu einer kleinen Maisonnettewohnung unweit des Quai Branly. Man würde übereinkommen, noch ein letztes Glas zu trinken, Ferrer würde mit hochgehen und in der unteren Etage der Maisonnette auf eine junge Frau mit erloschenem Blick hinter dicken Brillengläsern treffen, vergraben in Fotokopien zum Verfassungsrecht, auf denen drei leere Zitrus-Joghurts stehen würden sowie ein kleines, grell rosafarbenes Gerät, das auch ein Spielzeug würde sein können. Eine harmonische, unaggressive Stimmung sollte in dieser Wohnung herrschen. Rote und rosarote Kissen auf dem Sofa, glanzappretierter Perkalbezug mit Blumendruck, in einer Schale, sanft von einer Lampe beleuchtet, Orangen mit pfirsichgleichen Schatten.

Die junge Frau und Sonia tauschten sich darüber aus, wie es Bruno ging, und Ferrer schloss aus dem Gespräch, dass dieser Bruno, eindreivierteljährig, in der oberen Etage schlief: Der grellrosa Apparat der Marke Babyphon diente dazu, sein eventuelles Geschrei zu übertragen. Dann brauchte die Babysitterin wahnsinnig lange, bis sie ihre Kopien eingepackt, die Joghurtbecher in den Mülleimer geworfen und das Babyphon abgestellt hatte und man endlich übereinander herfallen konnte, schräg und ungeschickt seitwärts wie zwei ineinander verhakelte Taschenkrebse in Richtung von Sonias Schlafzimmer tanzend, dann sank ein schwarzer BH sacht auf den Teppich dieses Schlafzimmers wie eine riesige Sonnenbrille.

Nach einer kleinen Weile waren aus dem wieder eingeschalteten Babyphon eine Reihe Quietscher und Kiekser zu hören, erst leise und kontrapunktisch zu den mehr oder weniger sopranhaften Tönen Sonias, doch bald übertönten sie sie und gingen in ein Crescendo von Greinen, Weinen und schrillem Kreischen über. Sogleich enthakelte man sich, ohne Methode, jedoch nicht ohne schlechtes Gewissen, und Sonia stieg einen Stock höher, um Klein-Bruno zu beruhigen.

Allein zurückgeblieben und in der Versuchung einzuschlafen, erschien es Ferrer praktisch und diskret, erst mal das Babyphon leiser zu stellen. Aber er kannte sich mit solchen Maschinchen nicht aus und drückte ganz offenbar die falsche Taste, denn statt die Lautstärke des Weinens und Tröstens zu reduzieren, verstellte er die Empfangsfrequenz, die sich unvermittelt mit derjenigen der Ordnungshüter überlagerte, und nun konnte er deren nächtliche Kriminalitätsprävention, -überwachung und -unterdrückung verfolgen. Keine Hoffnung, das Ding abzustellen, Ferrer hämmerte hektisch auf sämtliche Tasten ein, suchte eine Antenne, die er verbiegen, ein Kabel, das er herausreißen könnte, versuchte, die Stimmen mit einem Kissen zu ersticken, doch nein: Jede Manipulation ließ sie nur noch vernehmlicher werden, jetzt wurden sie schon von Sekunde zu Sekunde lauter. Schließlich ließ Ferrer von seiner Absicht ab, zog sich hastig an, knöpfte erst im Treppenhaus alles richtig zu, brauchte nicht einmal verstohlen zu flüchten, da der Lärm des Babyphons weiterhin wuchs und bald durch das gesamte Haus hallte. An den folgenden Tagen rief er nicht an.

Wer ihn dagegen schon am nächsten Tag anrief, das war Martine Delahaye, die Witwe seines Assistenten, die Ferrer am Tag der Beerdigung in der Kirche kennen gelernt hatte. Ihm war schon damals aufgefallen, dass sie ihn trotz ihrer Trauer nicht uninteressant zu finden schien, doch glaubte er bei der Gelegenheit, er könne allenfalls eine Schulter zum Ausweinen bieten. Doch jetzt ruft sie am späten Nachmittag mit einem Vorwand an, irgendwas mit Rentenversicherungs-Unterlagen, die Delahaye vielleicht in der Galerie hatte liegen lassen, einfach nirgends zu finden, und ob die nicht zufällig. Tut mir leid, ich fürchte nicht, sagt Ferrer, er hat nie etwas Persönliches hier gelassen. Ah, wie ärgerlich, sagt Martine Delahaye. Kann ich nicht trotzdem vorbeikommen, auf ein Glas, um der Erinnerung willen.

Das wird schwierig, lügt Ferrer, der vor allem bloß nichts mit der Witwe Delahaye anfangen will, ich komme gerade von einer Reise zurück und muss gleich wieder los, verstehen Sie, ich habe nicht viel Zeit. Schade, dann nicht, sagt Martine Delahaye. Waren Sie denn weit verreist? Und Ferrer, der seine Lüge dadurch vor sich selber ein bisschen wieder gut machen möchte, schildert ihr in groben Zügen den hohen Norden. Großartig, begeistert sich die Witwe, ich habe immer davon geträumt, das mal zu sehen. Ja, es ist wirklich schön dort, sagt Ferrer dämlich, wirklich sehr, sehr schön. Sie haben es gut, ruft die Witwe, sie ist gar nicht zu bremsen, dass Sie einfach so Urlaub machen können, und dann noch in solchen Ländern. Wissen Sie, Ferrer ist ein wenig pikiert, richtig Urlaub war es eigentlich nicht. Eine Geschäftsreise, nicht wahr. Ich habe etwas für die Galerie gesucht. Großartig, meint die Witwe erneut und mit Nachdruck, und, haben Sie was gefunden? Ich glaube, ein paar Kleinigkeiten, ja, sagt Ferrer vorsichtig, aber ich muss es noch prüfen lassen, ich weiß noch nicht genau, was es taugt. Das würde ich mir gern mal ansehen, sagt Martine Delahaye, wann stellen Sie es aus? Das kann ich jetzt noch nicht so genau sagen, sagt Ferrer, es steht noch nicht fest, aber ich kann Ihnen ja eine Einladung schicken. O ja, sagt die Witwe, Sie schicken mir eine kleine Einladung, versprochen? Ja, sagt Ferrer, versprochen.

18

Die gesamte Zeit, die uns hier beschäftigt, hatte Baumgartner also ausschließlich in komfortablen Herbergen, Ferienanlagen und anderen von den Reiseführern großzügig mit Sternen bedachten Hotelleriebetrieben zugebracht. Im Juli beispielsweise hatte er sich für achtundvierzig Stunden im Hôtel Albizzia aufgehalten, wo er am späten Nachmittag abgestiegen war. Vierhundertzwanzig Franc die Nacht, Frühstück inklusive, auf den ersten Blick war das Zimmer ganz in Ordnung: etwas groß vielleicht, aber glücklicherweise wohlproportioniert, durch ein mit Rosenranken gerahmtes 16 x 9-Panorama-Fenster sickerte samtige Helle hinein. Anatolischer Teppich, Dusche mit Multifunktion, erotische Filme via Bezahlfernsehen, pastellgelber Bettüberwurf und Aussicht auf einen kleinen Park, bevölkert von Staren, begrünt mit Eukalyptusbäumen in Geiselhaft und Mimosen aus dem Ausland.

Die Stare hatten ihre Nester unter den Dachziegeln des Albizzia gebaut, in Löchern in der Mauer oder Eukalyptusstämmen, sie unterhielten sich miteinander wie immer durch ohrenbetäubendes Pfeifen, Schnarren, Klicken und Imitationen ihrer Vogelkollegen, doch hatten sie offenbar die Bandbreite ihres Gesangs erweitert, und zwar durch Anpassung an die akustische Umgebung unserer heutigen Zeit. Nicht genug, dass sie die Geräusche von Computerspielen, Dreiklanghupen sowie Jingles von Privatradiosendern in ihr Repertoire aufgenommen hatten, nein, dazu kam jetzt auch noch das Schrillen mobiler Telefone, wie Baumgartner eins dabei hatte, um jetzt alle drei Tage den Heilbutt anzurufen und dann mit einem Buch früh zu Bett zu gehen.

Dann war er früh am nächsten Morgen mit einer Zeitung zum Frühstück in den leeren Speisesaal des Hotels hinuntergegangen. Um diese Zeit war hier noch niemand zu sehen. Besteckklappern und gedämpfte Stimmen schallten von der Küche herein, Geraschel, leise Schritte, die ihn nicht betrafen: Er hatte sich die Brille auf der Nase hochgeschoben, ohne den Blick aus der Zeitung zu heben.

Jetzt hingegen, ein paar Wochen später, ist Baumgartner in einem anderen Hotel abgestiegen, weiter nördlich, in der Résidence des Meulières nahe Anglet. Kein Garten hier, sondern ein gepflasterter Hof, bestanden mit Platanen, zwischen denen ein großer Brunnen plätschert oder eher ein kleiner Springbrunnen, dessen Wasserstrahl mit wechselnd intensivem, schaumigem Geräusch hin und her schwankt. Meist scheint dieses Geräusch moderates Händeklatschen nachahmen zu wollen, vereinzeltes, wenig begeistertes oder eines, das schlicht Wohlgefallen zum Ausdruck bringen soll. Manchmal aber gerät es unversehens in einen Gleichtakt und bringt für einige Augenblicke jenen skandierten, etwas lächerlichen dreisilbigen Applaus hervor – Zu-ga-be, Zu-ga-be –, mit dem das Publikum die Rückkehr eines Künstlers auf die Bühne verlangt.

Wie jeden Tag meldet Baumgartner sich bei seiner Frau, diesmal aber dauert der Anruf länger als sonst. Baumgartner stellt allerlei Fragen, notiert sich die Antworten am Rand seiner Zeitung, dann beendet er das Gespräch. Denkt nach. Wählt erneut eine Nummer, die des Heilbutts. Der Heilbutt nimmt sofort ab. Gut, sagt Baumgartner, ich glaube, wir können loslegen. Zuerst mietest du uns einen kleinen Kühlwagen, keinen Laster, hörst du, einen Lieferwagen. Kein Problem, sagt der Heilbutt, warum Kühlwagen? Das ist nicht dein Bier, sagt Baumgartner. Sagen wir mal, damit die Sachen keinen Hitzschlag bekommen. Ich gebe dir eine Nummer in Paris, ich bin ab morgen wieder zu Hause und du rufst mich an, sobald die Sache erledigt ist. Gut, sagt der Heilbutt, verstanden. Ich kümmere mich morgen darum und rufe Sie dann gleich an.

19

Wäre es nicht doch mal an der Zeit, dass Ferrer ein bisschen beständiger wird? Will er ein lächerliches Abenteuer nach dem nächsten absolvieren, obwohl ihm von Anfang an klar ist, wie es ausgeht, obwohl er, anders als früher, erst gar nicht mehr glaubt, diesmal sei es die Richtige? Es ist, als würde er jetzt gleich bei der ersten Schwierigkeit aufgeben: Nach der Geschichte mit Exstatics Elixir hat er keinerlei Versuch unternommen, Bérangères neue Adresse herauszufinden, und nach der Babyphon-Nummer hat er sich nicht mehr bei Sonia gemeldet. Ist ihm denn alles egal?

Inzwischen ist er, weil er etwas Zeit hatte, zu seinem Kardiologen gegangen, für einen kleinen Check-up. Jetzt genehmigen wir uns diesen Echodoppler, von dem ich gesprochen hatte, sagte Feldman, komm mal her. Das Behandlungszimmer lag in sanftem, von drei Computerbildschirmen gelochtem Zwielicht, das an den Wänden drei schlechte Kunstdrucke erkennen ließ, dazu zwei auf Feldman ausgestellte Diplome von ausländischen Gesellschaften für Gefäßheilkunde und einen Rahmen, der unter Glas Fotos seiner Nächsten enthielt, einer davon ein Hund. Ferrer machte sich frei und legte sich in Unterhosen auf die mit blauem Löschpapier überzogene Liege, er fröstelte ein bisschen, obwohl es warm war. Lass einfach los, entspann dich, sagte Feldman, nachdem er seine Apparate programmiert hatte.

Dann setzte der Kardiologe die Spitze eines schwarzen, länglichen Gegenstands, einer Art elektronischen Stifts oder so ähnlich, den er zuvor mit Kontaktgel bestrichen hatte, an verschiedenen Stellen von Ferrers Körper auf, an verschiedenen

Punkten von Hals, Leiste, Schenkel, Knöchel und neben den Augen. Jedes Mal, wenn der Stift eine dieser Körpergegenden berührte, tönte das verstärkte arterielle Pochen laut aus den Lautsprechern der Computer, beängstigende Geräusche, wie Sonarechos, harte, jähe Windböen, stotterndes Bulldoggengebell, Marsmenschengehechel. So lauschte Ferrer seinen Adern, während synchron zu den Tönen deren Abbild in Form zuckender Wellen über die Bildschirme wanderte, defilierenden Bergzinnen gleich.

All das dauerte seine Zeit, bis Feldman nicht so besonders, hier, wisch dich ab, sagte, ein Stück des blauen Löschpapiers von der Liege riss, es Ferrer zuwarf, der sich damit am ganzen Leib das klebrige Gel von der Haut tupfte. Überhaupt nicht besonders, wiederholte Feldman. Versteht sich von selbst, dass du aufpassen musst. Von jetzt an wirst du dich ein bisschen besser an die Diät halten, die ich dir verordnet habe. Und außerdem, entschuldige, wenn ich das so direkt sage, wirst du mir eine Zeitlang nicht so viel herumvögeln. Na, im Augenblick, sagte Ferrer, besteht jedenfalls keine Gefahr. Noch was, sagte Feldman. Du setzt dich keinen extremen Temperaturen aus, ja, weder zu kalt noch zu heiß, die sind Gift für Leute wie dich, das habe ich dir schon mal gesagt. Aber ach Gott, kicherte er, in deinem Beruf hast du dazu kaum Gelegenheit. Ja, das muss ich zugeben, meinte Ferrer, ohne mit einem Wörtchen seine Reise in den hohen Norden zu erwähnen.

Jetzt haben wir erst mal einen Julimorgen, in der Stadt ist es recht ruhig, es herrscht eine Stimmung wie eine Art unausgesprochener Halbtrauer, und Ferrer sitzt allein auf der Straße in einem Café an der Place Saint-Sulpice, vor einem Bier. Von Port Radium bis Saint-Sulpice ist es eine hübsche Entfernung, gut ein halbes Dutzend Stunden Zeitunterschied, den Ferrer noch nicht ganz verkraftet hat. Trotz Jean-Philippe Raymonds Zureden hat er alle Umstände von wegen Tresor und Versicherung auf morgen verschoben, die beiden Termine will er später am heutigen Nachmittag ausmachen. Erst einmal hat er all seine

Schätze in einen Wandschrank eingeschlossen, im gleichfalls verschlossenen Hinterzimmer der Galerie. Im Augenblick ruht er sich ein bisschen aus, obwohl sich niemand jemals wirklich ausruht, man denkt so schön, man ruhe sich aus oder werde sich ausruhen, aber das ist nur so eine matte Hoffnung, man weiß genau, dass es nicht klappen wird, ja, dass es das gar nicht gibt, man sagt das nur, wenn man so müde ist.

Obwohl er sehr müde ist, obwohl ihm fast alles egal ist, hört Ferrer nicht auf, die Frauen zu beobachten, die zu dieser Jahreszeit leicht bekleidet sind und daher besonders begehrenswert, so dass es fast schon weh tut, eine Art Phantomschmerz im Solarplexus. Bisweilen wird man derart vom Schauspiel der Welt beansprucht, dass man schier vergessen könnte, an sich selbst zu denken. Den Schönheiten wie den nicht gerade Hübschen, Ferrer schaut ihnen also sämtlich nach. Er liebt den ausweichenden, etwas hochmütigen Blick, mit dem sich die Schönheiten schmücken, aber er mag auch den ausweichenden, leicht verunsicherten, starr auf den Asphalt zu ihren Füßen gerichteten Blick der nicht gerade Hübschen, den sie aufsetzen, wenn sie spüren, dass man sie beharrlich von einem Cafétisch aus betrachtet, weil man nichts Besseres zu tun hat und das Schauspiel übrigens durchaus anmutiger findet, als sie selber denken. Umso mehr, als auch sie die Liebe kennen, wie alle anderen, und im Bett mit Sicherheit anders dreinschauen, das hat es alles schon gegeben, und vielleicht sieht es dann auch mit dem Unterschied zwischen den Schönheiten und den nicht gerade Hübschen ganz anders aus. Aber dieser Weg ist seinen Gedanken versperrt, Feldman hat es untersagt.

In demselben Augenblick nähert sich der Heilbutt zu Fuß einem sehr großen Privatparkplatz, der von massiven Wachleuten in Begleitung sehr massiger Hunde bewacht wird, jenseits des Außenrings, hinter der Porte de Champerret. Beim Gehen atmet der Heilbutt freier durch als zuvor. Wenn die Epidermis ihn juckt, mal hier, mal da, kratzt er sich zerstreut, aber es ist nicht unangenehm, er könnte lange so im Sonnenschein einher-

spazieren, er kommt gut voran. Er geht an irgendeiner Werkstatt vorbei – Werkbänke, Ölwechselrinne, drei Autowracks in
unterschiedlichen Stadien der Ausschlachtung, eine Seilwinde,
man weiß ja, wie so was aussieht. Dann taucht der Parkplatz auf,
offenbar speziell Nutzfahrzeugen, Lastkraft- und Lieferwagen
sowie Sattelschleppern vorbehalten. In einem Glaskäfig sitzt
der Herrscher über sechs Videobildschirme und zwei volle
Aschenbecher, ein kleiner Wachmann, gedrungen wie ein Hau-
klotz und genauso freundlich. Der Heilbutt teilt ihm mit, dass
er wegen des Kühlwagens komme, den man gestern telefonisch
vorgemerkt habe, der Mann nickt gnädig, er wirkt informiert,
er geleitet den Heilbutt über den Platz zum Mietobjekt.

Ein weißer Lieferwagen, kastenförmig, voller Kanten und
Ecken wie eine Schachtel oder wie die Baracken von Port Radium: alles andere als windschnittig. Über dem Führerhaus
thront ein kleiner Motor, von einem Umluftventilator überragt, der aussieht wie eine Heizspirale. Der Wachmann entriegelt die rückwärtigen Türen und gibt einen Blick in einen geräumigen, bis auf einige ganz hinten aufgestapelte Styroporkisten
leeren Laderaum mit Metallwänden frei. Obgleich das Innere
sauber und offenbar mit dem Kärcher ausgestrahlt ist, verströmt
es immer noch einen leichten Geruch von erstarrtem Fett, fadem Blut, Sehnenhäuten und Nervengewebe, wahrscheinlich
wird hier sonst Fleisch für den Einzelhandel transportiert.

Nachdem er zerstreut den Erläuterungen des Mannes bezüglich der Handhabung des Fahrzeugs gelauscht hat, gibt der
Heilbutt ihm einen Teil des Geldes, das er von Baumgartner
hat, dann lässt er ihn die vordere Schiebetür öffnen und steigt
ein. Als der Mann sich entfernt hat, zieht der Heilbutt ein Paar
fleischfarbene Latex-Haushaltshandschuhe aus der Tasche, ihre
Handflächen und Fingerspitzen sind dank Noppen griffig, es
kann einem so leicht nichts aus der Hand rutschen. Der Heilbutt streift sie über, dann steckt er den Schlüssel ein und startet
den Motor. Der Rückwärtsgang kracht ein bisschen, doch dann
rasten die Gänge geschmeidig ein, während der Lieferwagen

gen Außenring davonfährt, den wir an der Porte de Châtillon verlassen.

An der Place de la Porte de Châtillon parkt der Heilbutt den Kühlwagen in zweiter Reihe vor einer Telefonzelle. Er steigt aus dem Fahrzeug, betritt die Zelle, nimmt ab und spricht einige Worte. Er scheint eine knappe Antwort zu erhalten, dann legt er unter Hinterlassung einiger Moleküle seiner selbst – ein Ohrschmalzbröckchen, das eine Perforation des Hörers verstopft, ein Speicheltröpfchen in einer Öffnung der Sprechmuschel – mit hochgezogener Augenbraue auf. Er sieht nicht gerade überzeugt aus. Er wirkt sogar ein klein wenig skeptisch.

20

Am anderen Ende der Leitung legt auch Baumgartner auf, ohne dass sein Gesicht eine besondere Empfindung verriete. Doch unzufrieden sieht er nicht aus, wie er da an eines der Fenster seines Apartments tritt: kaum was zu sehen; Baumgartner öffnet das Fenster: kaum was zu hören, zwei Piepser einander verfolgender Vögel, fern und verschwommen Automobilverkehr. Er ist also zurück in Paris in seinem großen Apartment am Boulevard Exelmans ohne direktes Gegenüber. Jetzt kann er nichts mehr tun außer zu warten, die Zeit totzuschlagen, indem er aus dem Fenster schaut, und wenn es Nacht ist, wird er in den Fernseher schauen. Jetzt aber erst mal aus dem Fenster.

Der gepflasterte Hof, mit Linden und Akazien bestanden, enthält eine Art kleinen, von niedrigen Hecken umgebenen Park, darin ein Wasserbassin, in dessen Mitte ein bogenförmiger beziehungsweise heute durch leichten Wind aus dem Gleichgewicht gebrachter Wasserstrahl aufsteigt. Ein paar Spatzen, zwei, drei Häher oder Amseln beleben die Bäume, Gesellschaft leistet ihnen eine weißliche Plastiktüte mit dem Namenszug eines Baumarkts, die sich oben in einer Astgabel verfangen hat, von demselben leichten Wind gebläht wie ein Segel; sie zittert und zappelt, als wäre sie ein Lebewesen, und gibt klatschende und säuselnde Geräusche von sich. Unter ihr liegt ein umgestürztes Kinderfahrrad mit Stützrädern. Drei lächerliche Laternen in den Ecken des Hofs und drei Videokameras über den Türen der drei Villen haben ein Auge auf dieses kleine Idyll.

Obgleich die Lindenzweige die Sicht zwischen den Villen behindern, kann Baumgartner deutlich die Terrassen gegenüber erkennen, möbliert mit gestreiften Liegestühlen und Teakholz-

Tischen, außerdem die Balkons und Panoramafenster sowie ausgeklügelt verzweigte Fernsehantennen. Jenseits ragt eine Reihe opulenter Wohnhäuser auf, architektonisch teilweise uneinheitlich, aber alles passt zusammen, nichts beißt sich: 1910 und 1970 begleiten einander in harmonisch koexistierendem Reichtum, das Geld ist wirksam genug, um alle Anachronismen zusammenzuschweißen.

Den Bewohnern dieser Villen scheint gemeinsam zu sein, dass sie Mitte vierzig sind und ihre Brötchen, viele Brötchen, in diversen audiovisuellen Branchen verdienen. Im Einzelnen ist da eine junge Dicke in einem blauen Büro, große Kopfhörer auf den Ohren, die auf ihrem Computer den Text einer Nachbarschaftssendung schreibt, die Baumgartner schon mal gehört hat, sie kommt jeden Tag gegen elf Uhr früh in einem staatlichen Rundfunksender. Dann ein kleiner Rothaariger mit zerstreutem Blick und starrem Lächeln, der sich nur selten von seiner Terrassenliege erhebt, offenbar ist er Produzent oder etwas Ähnliches, denn in Sachen junge Frauen scheint mir bei ihm ganz schön was los zu sein. Sodann eine Kriegsberichterstatterin vom Fernsehen, die nicht oft zu Hause ist, sondern ihr Leben da verbringt, wo es bewaffnete Auseinandersetzungen gibt, sie hüpft mit ihrem Satellitentelefon von einer Mine zur anderen, von den Khmers über die Tschetschenen und Jemeniten zu den Afghanen. Da sie, wenn sie mal hier ist, ihr Leben schlafend verbringt, die Fensterläden als Schutz vor dem Zeitunterschied geschlossen, sieht Baumgartner sie nicht oft, höchstens manchmal auf dem Bildschirm.

Im Augenblick aber sieht er niemanden. Heute früh noch haben auf der Rückseite der vietnamesischen Botschaft fünf oder sechs Diplomaten im Trainingsanzug ihr Tai-Chi absolviert wie jeden Tag. Jetzt aber ist dort hinter dem Botschaftszaun nichts als ein Basketballkorb zu sehen, an einen Baumstamm genagelt, eine asymmetrische Schaukel und ein auf den Rücken gefallener, verrosteter Tresor, all das vor dem Hintergrund einer leeren Betonwand mit einem leeren Stuhl davor. Es scheint jenseits des Zauns wärmer zu sein, auch feuchter, als ob die Botschaft ein südostasiatisches Mikroklima erzeugen würde.

Baumgartner betrachtet die Welt ohnedies nur aus einiger Ferne. Er beobachtet zwar die Menschen, aber er stellt sich tot und grüßt niemanden außer allmontäglich, wenn er ihm in bar die Miete übergibt, den pensionierten Zahnarzt aus dem Erdgeschoss, der ihm das Apartment wochenweise vermietet. Sie haben sich auf dieses Arrangement verständigt, nachdem Baumgartner den Zahnarzt gleich von Anfang an darauf vorbereitet hat, dass er nicht so besonders lange bleiben und wahrscheinlich unverhofft ausziehen würde. Da er die meiste Zeit in diesem Apartment sitzt wie ein Mönch in der Zelle, muss er vor lauter Langeweile einfach manchmal raus, ein bisschen Luft schnappen.

Gerade geht er sich die Beine vertreten, und schau an, da ist ja auch die Kriegsberichterstatterin, sie scheint eben aufgewacht zu sein und fährt gähnend zu irgendeiner Redaktionskonferenz. Sie ist eine von diesen großen Blonden im kleinen Austin, ihrer ist smaragdgrün und hat ein weißes Dach, die Scheiben sind mit etlichen polizeilichen Abschleppverfügungen beklebt, die der Polizeipräsident, mit dem sie befreundet ist, wieder aufgehoben hat. Dies hier ist nämlich ein reiches Viertel, wo allerlei Promis wohnen, die ihrerseits wiederum allerlei Promis kennen, eine schöne Gegend der Stadt ist das, folglich von allerlei Paparazzi frequentiert.

Da, zwei davon stehen in einem Hauseingang der Rue Michel-Ange Schmiere, bewehrt mit dicken, länglichen Maschinen aus grauem Plastik, Fotoapparaten weniger ähnlich als Teleskopen, Periskopen, orthopädischen Instrumenten oder gar Waffen mit Infrarot-Zielvorrichtung. Diese Fotografen sind erstaunlich jung, gekleidet wie für den Strand, kurzärmeliges Hemd und Bermuda-Shorts, aber ihre Gesichter sind tiefernst, während sie den Eingang gegenüber bewachen, offenbar wollen sie einen Superstar in Begleitung seiner neuen Flamme abpassen. Baumgartner bleibt neugierhalber stehen, er wartet kurz in ihrer Nähe, diskret und ohne sein Interesse allzu deutlich werden zu lassen, bis man ihm beinahe höflich zu verstehen gibt, er solle verduften. Er will nicht stören, er entfernt sich.

Er hat Muße, so viel Muße, dass es fast schon weh tut, er geht ein bisschen um die Ecke, über den Friedhof von Auteuil spazieren, einen eher kleinen Friedhof, auf dem allerlei Engländer, Barone und Schiffskapitäne ruhen. Einige Grabsteine sind geborsten, ihrem Schicksal überlassen, andere werden repariert; eines der Grabmale, ein kleiner, mit Statuen geschmückter Pavillon, auf der Schwelle das Wort *Credo* an Stelle eines Fußabtreters, scheint gerade renoviert zu werden. Ohne stehen zu bleiben, geht Baumgartner an Delahayes Grab vorbei – macht dann allerdings kehrt, um einen umgekippten Azaleentopf wieder aufzustellen –, dann an dem eines Unbekannten, offenbar Schwerhörigen – *Ein Andenken deiner tauben Freunde aus Orléans*, tönt die Gedenktafel –, dann an dem von Hubert Robert – *Liebender Sohn, zartfühlender Gatte, gütiger Vater, treuer Freund*, so murmelt die Gedenktafel –, und dann reicht's ihm: Er verlässt den Friedhof und geht die Rue Claude-Lorrain hinauf zur Rue Michel-Ange.

Wo unterdessen der ersehnte Superstar in Begleitung seiner neuen Flamme aus dem Haus getreten ist und die beiden Fotografen das Paar unter Dauerfeuer genommen haben. Die Flamme ist hingerissen und lächelt engelsgleich, der Superstar wünscht die Fotografen starren Gesichts zum Teufel, und Baumgartner, der gedankenreich vom Friedhof zurückkehrt, durchquert, ohne dessen gewahr zu werden, beim Nachhausekommen das Bild. Oben im Apartment gießt er sich ein Glas ein, schaut erneut aus dem Fenster und wartet, dass der Tag zu Ende geht, doch der lässt sich Zeit, lässt die Schatten der gebauten und vegetabilen Dinge, der Brüstungen und Akazien ins Unendliche wachsen, bis sie samt ihren Schatten in einem größeren Schatten untergehen, der ihre Konturen und Farben verschwimmen lässt, sie schließlich aufsaugt, wegtrinkt, zum Erlöschen und Verschwinden bringt, und da klingelt das Telefon.

Ich bin's, sagt der Heilbutt, alles bestens gelaufen. Hat dich auch wirklich niemand gesehen? sorgt Baumgartner sich. Wie denn, sagt der Heilbutt, hinten drin war kein Mensch. Vorne übrigens auch so gut wie niemand. Scheint wirklich nicht so besonders zu laufen, die moderne Kunst, meine Güte. Quatsch nicht, Idiot, sagt Baumgartner, und dann? Wo ist das Material jetzt? Alles im Kühlwagen, wie besprochen, sagt der Heilbutt, steht schön sicher hier um die Ecke in der Box, die Sie gemietet haben. Und was machen wir jetzt? Wir treffen uns morgen in Charenton, sagt Baumgartner, hast du noch die Adresse?

21

Unterdessen sitzt Ferrer immer noch vorm Bier in der Sonne, einem gleichen Bier, nicht demselben, denn er hat zwar das Viertel nicht verlassen, aber das Lokal gewechselt. Jetzt befindet er sich an der Odéon-Kreuzung, gewöhnlich nicht der ideale Ort, um ein Bier zu trinken, obwohl meist genügend Leute da sind, die es trotzdem tapfer versuchen: ein belebter, verstopfter, lärmiger Ort voller Verkehrsampeln und Autos in allen Richtungen, noch dazu fröstelig wegen des starken Luftzugs aus der Rue Danton. Im Sommer aber, wenn Paris etwas weniger voll ist, kann man sich besser auf der Straße vor den Cafés aufhalten, das Licht hat seinen höchsten Stand erreicht, der Verkehr einen relativ zu sonst gesehen niedrigen, unverstellbar die Sicht auf zwei Ausgänge derselben Metrostation. Ein paar Leute gehen dort hinein und hinaus, und Ferrer schaut ihnen dabei zu, mit gesteigertem Interesse an der weiblichen Hälfte der Menschheit, die, jedenfalls quantitativ, bekanntlich die größere ist.

Diese weibliche Hälfte lässt sich wiederum, so hat er festgestellt, in zwei Populationen unterteilen: Diejenigen, die sich, kurz nachdem man sich von ihnen verabschiedet hat, und zwar durchaus nicht für immer, umdrehen, während man ihnen nachschaut, wie sie die Treppe einer Metrostation hinabgehen, und diejenigen, die sich nicht umdrehen, ob nun für immer oder nicht. Ferrer seinerseits dreht sich immer um, jedenfalls bei den ersten paar Malen, um zu erfahren, zu welcher Kategorie seine neue Bekanntschaft gehört, Umdreherin oder Nichtumdreherin. Danach tut er es ihr einfach gleich, er passt sich ihren Gewohnheiten an, nimmt ihr Verhalten für sein eigenes als Vorbild, schließlich hat es wirklich keinen Sinn, sich umzudrehen, wenn sie es nicht tut. Aber heute dreht sich niemand um und Ferrer wird jetzt nach Hause gehen. Da kein freies Taxi in Sicht kommt – Leuchte an, Tarifanzeiger aus –, und da das Wetter es freundlicherweise erlaubt, ist es nicht unvorstellbar, zu Fuß heimzukehren. Es ist zwar ziemlich weit, aber möglich ist es doch, und ein bisschen Bewegung kann Ferrer nur dabei behilflich sein, Ordnung in seine Gedanken zu bringen, die durch die Nachwirkungen des Jetlags noch ein wenig wirr sind.

Diese Gedanken kreisen ohne genauere Ordnung, die Erinnerungen mal noch beiseite gelassen, um die Versicherung und den Tresorhändler, die er beide anrufen muss, um den Kostenvoranschlag für einen Sockel, den er nachverhandeln will, um Martinov, den es zu promoten gilt, schließlich ist er momentan sein einziger Künstler, der ein bisschen beachtet wird, außerdem um die Beleuchtung seiner Galerie, die wegen der neuen Antiquitäten völlig neu konzipiert werden muss; schließlich nimmt er sich vor, endlich zu entscheiden, ob er Sonia jetzt anruft oder nicht.

Und während er sich der Rue d'Amsterdam nähert, auf dem Bürgersteig im Zickzack den Hundehaufen ausweichend, bietet ihm die Bühne der Stadt in folgender Reihenfolge einen Kerl mit Sonnenbrille, der eine große Trommel aus einem weißen Rover lädt, ein kleines Mädchen, das seiner Mutter mitteilt, es habe sich nunmehr, nach reiflicher Überlegung, fürs Trapez entschieden, dann zwei junge Frauen, die einander wegen eines Parkplatzes totschlagen, schließlich einen kleinen Kühlwagen, der in flottem Tempo davonfährt.

Als Ferrer in der Galerie anlangt, wird er erst noch kurz von einem Künstler aufgehalten, dem Ražputek empfohlen hat, ihm einmal seine Projekte vorzustellen, einem jungen Objektkünstler, selbstsicher und ironisch, der jede Menge Freunde im Künstlermilieu hat, und Projekte wie seine hat Ferrer auch schon jede

Menge gesehen. Diesmal ist es die Nummer, nicht ein Bild an die Wand zu hängen, sondern an der Stelle, wo es hinge, die Wand des Sammlers mit Säure wegzuätzen: kleines rechteckiges Format, 24 x 30, Tiefe 25 Millimeter. Ich arbeite an der Konzeption des Werkes im Negativ, verstehen Sie, erklärt der Künstler, ich trage nichts auf der Wand auf, sondern ich trage die Wand ab. Schau an, antwortet Ferrer, interessant, aber ich mache im Moment nicht so viel in der Richtung. Vielleicht kann man mal über etwas nachdenken, aber später, nicht sofort. Lassen Sie mir Ihre Karte hier, ich melde mich, dann können wir bei Gelegenheit mal drüber reden. Als er die Nervensäge los ist, versucht Ferrer, alle anstehenden Fragen zu beantworten, unterstützt von einer jungen Frau namens Elisabeth, die er probeweise als Ersatz für Delahaye angeheuert hat, eine anorektische, aber übervitaminisierte Person, wie gesagt, noch in der Probezeit, mal sehen, wie sie sich macht. Vorerst betraut er sie mit kleineren Sachen.

Dann ans Telefon: Ferrer ruft Versicherungsagent und Tresorhändler an, der eine kommt morgen vorbei, der andere auch. Er studiert nochmals die Kostenvoranschläge des Sockelbauers, meldet sich dann auch bei dem und kündigt seinen Besuch an, irgendwann im Laufe der Woche. Martinov erreicht er nicht, nur den Anrufbeantworter, auf dem er eine ausgekügelte Mischung aus Ermahnungen, Ermunterungen und Warnungen hinterlässt, kurz, er macht seine Arbeit. Dann erörtert er mit Elisabeth ausführlich die Beleuchtung der Galerie für die Ausstellung der Arktisobjekte. Zur Illustration will Ferrer ein oder zwei davon von hinten holen, versuchen wir's mal mit, hm, dem Elfenbeinharnisch und dem Mammut-Stoßzahn, dann sehen Sie, was ich meine, Elisabeth. Er geht nach hinten, entriegelt die Tür des Ateliers, und ein Blick genügt: Die Tür des Wandschranks hängt in den Scharnieren, ist aufgebrochen worden, dahinter gähnende Leere. Kein Gedanke mehr daran, ob er Sonia jetzt anruft oder nicht.

22

Er hat zwei große, abgeschlossene Koffer innen neben die Tür des pikobello aufgeräumten Apartments gestellt, als plante er, den Ort demnächst zu verlassen, dann schlägt Baumgartner die Tür hinter sich zu und geht. Wie eine Stimmgabel, wie das Klingeln mancher Telefone oder das Tonsignal beim Türenschließen in der Metro, gibt dieses kurze, trockene Zuziehen ein fast perfektes A von sich, das die Saiten des Bechstein-Stutzflügels im Gleichklang zum Mitschwingen bringt: Nachdem Baumgartner den Schauplatz verlassen hat, geistert noch für zehn bis zwanzig Sekunden ein Dur-Akkord durch das leere Apartment, dann zerfasert er und löst sich auf.

Baumgartner hat den Boulevard Exelmans überquert, ist ihn dann ein Stück Richtung Seine weitergegangen, bevor er in die Rue Chardon-Lagache abbog. Jetzt, im Hochsommer, ist das XVI. Arrondissement noch leerer als sonst, so leer, dass die Rue Chardon-Lagache aus manchen Perspektiven regelrecht postnuklear wirkt. Baumgartner holt seinen Wagen aus der Tiefgarage eines zeitgenössischen Wohnhauses in der Avenue de Versailles, fährt zur Seine und nimmt die Schnellstraße, die er vor dem Pont Sully verlässt. Jetzt befindet er sich an der Place de la Bastille, von wo aus er die Rue de Charenton über deren volle Länge hinauffährt, bis nach Charenton. So hat er nun entlang dessen Wirbelsäule das gesamte XII. Arrondissement durchquert, das zu dieser Zeit etwas belebter ist als das XVI., da die hiesige Bevölkerung seltener frei nimmt als die dortige. Auf den Bürgersteigen sieht man im Wesentlichen langsam einhergehende, einsame, ratlose Menschen aus der Dritten Welt und Staatsbürger im Rentenalter.

In Charenton angekommen, biegt der Fiat nach rechts in eine kleinere Durchgangsstraße, benannt nach Mozart oder Molière, Baumgartner erinnert sich nie genau, nach welchem von beiden, aber er weiß, dass sie senkrecht auf eine weitere Schnellstraße stößt, hinter der sich am Seineufer entlang ein winziges Industriegebiet erstreckt. Es besteht aus langen Reihen Lagerhallen, endlosen Fluchten aus Boxen mit Metallrollos, auf manche davon sind Firmennamen gemalt, mit Schablone oder ohne. Durch ein großes Schild markiert – Logistik für Flexible –, gibt es hier auch eine Anzahl mietbarer Lagerflächen, zwischen zwei und zweitausend Quadratmeter groß. Schließlich befinden sich hier noch zwei, drei kleine, sehr ruhige Fabriken, die nur auf einem Viertel ihrer Kraft zu laufen scheinen, und ein Klärwerk, all das um einen offenbar namenlosen Straßenstumpf herum.

In dieser Gegend ist es noch leerer als sonst überall mitten im Sommer, und fast völlig still: Als einziges hört man ein undeutliches Hintergrundgeräusch, gedämpftes Sirren, den Widerhall von wer weiß was. Das Jahr über geht hier höchstens das eine oder andere betagte Paar mit seinem Hund spazieren. Auch ein paar Fahrschullehrer haben die Ecke entdeckt und untereinander den Tipp weitergegeben; jetzt nutzen sie hier den bei Null liegenden Verkehr, um ihre Schüler bei gegen Null gehendem Risiko zu unterrichten; manchmal kommt auch ein Radler durch, der, sein Vehikel geschultert, über die kleine Seinebrücke nach Ivry hinüber will. Von diesem Übergang aus sieht man flussauf- wie -abwärts zahlreiche andere Brücken sich über dem Wasser wölben. Gleich oberhalb der Marne-Mündung ragt am Rand des Flusses und des Ruins ein chinesischer Hotel- und Handelskomplex in Mandschu-Architektur auf.

Heute aber ist hier nichts und niemand. Nichts als ein einsamer Kühlwagen vor einer jener Mietboxen, niemand als der Heilbutt am Steuer dieses Wagens mit Thermo-King-Kühlaggregat. Baumgartner hält mit seinem Fiat parallel zu dem Lieferwagen und kurbelt das Fenster herunter, statt auszusteigen:

Der Heilbutt seinerseits ist aus dem Führerhaus geklettert. Dem Heilbutt ist es sehr warm und der Heilbutt klagt darüber. Die Transpiration potenziert die vernachlässigte Wirkung seines Äußeren: Das Haar ist eine strähnig-fettige Masse, Schweißflecken überdecken die diversen Dreckspritzer auf seinem T-Shirt mit Werbeaufdruck, schmierige Striemen laufen quer über sein Gesicht wie vorweggenommene Falten.

Okay, sagt der Heilbutt, alles an Ort und Stelle. Was machen wir jetzt? Du bringst es rein, sagt Baumgartner und hält ihm den Schlüssel der Lagerbox hin. Stapel einfach alles drin auf. Und dass du mir die Sachen vorsichtig anfasst, ja. Aber diese Hitze, erinnert der Heilbutt. Mach hin, sagt Baumgartner.

Hinter seinem Steuer hat Baumgartner jetzt, ohne sich vom Fahrersitz zu bewegen und sorgfältig darauf achtend, dass niemand die Szene beobachtet, ein Paar schafslederne Handschuhe übergestreift, leicht und geschmeidig sind sie, mit Leinenfaden vernäht; währenddessen beobachtet er den Transport der Behältnisse in das Lager. Es ist wirklich sehr heiß, kein Windhauch geht, der Heilbutt schwimmt. Seine Muskeln, obzwar von den Giften reduziert, zeichnen sich ein wenig unter dem T-Shirt ab, und Baumgartner mag das nicht, er mag das nicht sehen, mag nicht, dass er es dennoch sehen mag. Dann, nach getaner Arbeit, kommt der Heilbutt zum Fiat herüber. Geschafft, sagt er. Wollen Sie nachschauen? Sie haben ja Handschuhe an. Wegen dem Wetter, sagt Baumgartner, ich brauch das bei der Hitze. Was Dermatologisches. Kümmer dich nicht darum. Hast du wirklich alles ausgeladen? Ja, alles, sagt der Heilbutt. Mal sehen, sagt Baumgartner, steigt aus und geht den Inhalt der Lagerbox kontrollieren.

Dann hebt er den Kopf wieder, mit gerunzelter Stirn. Es fehlt eine, sagt er. Eine was? fragt der Heilbutt. Eine Kiste, sagt Baumgartner. Eine ist nicht dabei. Machen Sie keine Witze, ruft der Süchtige. Sieben habe ich geholt, und sieben sind hier. Alles in Ordnung. Ich glaube nicht, sagt Baumgartner. Schau noch mal hinten im Wagen nach, du hast eine vergessen.

Der Heilbutt zuckt zweifelnd mit den Schultern, und als er in den Kühlwagen geklettert ist, wirft Baumgartner blitzschnell die Türen hinter ihm zu. Gedämpfte Rufe des Heilbutts, erst belustigt, dann verärgert, dann verängstigt. Baumgartner verriegelt die Türen, umrundet den Kühlwagen, öffnet die Tür und setzt sich hinters Steuer. In der Fahrerkabine ist von den Rufen des jungen Mannes nichts mehr zu hören. Baumgartner schiebt eine kleine, hinter dem Fahrersitz befindliche Klappe beiseite, legt einen Riegel zurück und öffnet das Fensterchen zum Kühlraum. Dieser Schlitz ist so groß wie ein Zehnerpäckchen Zigaretten: Man kann einen Blick nach hinten werfen, die Hand hindurchstecken kann man nicht.

So, sagt Baumgartner, jetzt ist Schluss. Moment mal, sagt der Heilbutt, was haben Sie vor? Machen Sie keine Scheiße. Es ist Schluss, wiederholt Baumgartner. Jetzt habe ich endlich Ruhe vor dir. Ich habe Sie doch nie gestört, wendet der Heilbutt dämlich ein. Lassen Sie mich jetzt raus. Ich kann nicht, sagt Baumgartner. Du störst mich. Du drohst mich zu stören, das stört mich. Lassen Sie mich frei, sagt der Heilbutt noch mal, das kommt doch raus, und dann haben Sie Ärger am Hals. Ich glaube nicht, sagt Baumgartner. Du hast keine legale soziale Existenz, verstehst du. Keiner wird etwas bemerken. Nicht mal die Bullen wird das interessieren. Dich kennt kein Mensch außer deinem Dealer, und der hält sich von den Bullen lieber fern. Wie soll da rauskommen, dass es dich nicht mehr gibt? Wem soll auffallen, dass ein Unbekannter verschwunden ist? Also, halt schön den Mund. Es geht schnell, ein bisschen Gänsehaut und fertig.

Nein, nicht doch, sagt der Heilbutt, nicht, und hören Sie bloß auf, mir Vorträge zu halten. Er versucht weiter, Baumgartner zu erweichen, doch dann gehen ihm offenbar die Argumente aus. Außerdem, meint er in letzter Verzweiflung, das ist doch so was von banal. In jedem blöden Fernsehkrimi werden Leute so umgebracht, das ist wirklich nicht originell. Schon

wahr, räumt Baumgartner ein, aber ich bin eben von Fernseh-
krimis beeinflusst. Der Fernsehkrimi ist eine Kunst wie jede andere. Egal, jetzt reicht's.

Dann verschließt er die Luke hermetisch, startet den Motor
und lässt den Kompressor an. Das thermodynamische Prinzip,
nach dem ein Kühlwagen funktioniert wie generell jedes Kühl-
gerät, ist allgemein bekannt: In den Wänden zirkuliert Gas, welches die Wärme absorbiert, die im Inneren herrscht. Dank dem
kleinen Motor über der Fahrerkabine und dem Kompressor, der
das Gas zirkulieren lässt, wird diese Wärme in Kälte verwandelt. Übrigens gibt es bei Fahrzeugen dieses Typs zwei Kühlstu-
fen: + 5° oder – 18°. Diese zweite hat Baumgartner vorgestern
am Telefon ausdrücklich bestellt.

23

Der Diebstahl der Antiquitäten bedeutete natürlich einen schweren Verlust. Alles, was Ferrer in seine Arktis-Expedition investiert hatte, erhebliche Mittel, war verloren, außer Spesen nichts gewesen. Und da die Galerie jetzt, bei mehr als mäßiger Konjunktur und in der Nebensaison, nichts abwarf, war das natürlich auch der Augenblick, den seine Gläubiger wählten, um ihn an ihre Existenz zu erinnern, die Künstler, um sich auszahlen zu lassen, und die Bankiers, um ihm ihre Besorgnis mitzuteilen. Später, pünktlich gegen Ende des Sommers, würden wie jedes Jahr noch alle Arten von Steuern auf ihn zukommen, eine Einkommensteueranpassung drohte, verschiedene Abgaben und Beiträge waren fällig, die Verlängerung des Mietvertrags samt eingeschriebenen Briefen der Hausverwaltung. Folglich begann Ferrer eine gewisse Bedrängnis zu verspüren.

Zuallererst einmal hatte er natürlich Anzeige erstatten müssen. Sobald er den Diebstahl festgestellt hatte, rief Ferrer beim Kommissariat des IX. Arrondissements an, und noch zu selbiger Stunde sprach ein müder Kriminalbeamter bei ihm vor. Der Mann hatte den Schaden aufgenommen, dito die Anzeige, und sich erkundigt, wo er versichert sei. Na ja, leider, hatte Ferrer gesagt, dummerweise waren die Sachen noch nicht versichert. Ich wollte es gerade tun, aber dann. Sie sind ein Riesenidiot, hatte der Beamte ihn brüsk unterbrochen, ihn wegen seiner Nachlässigkeit gerügt und ihm erläutert, dass das Schicksal der verschwundenen Objekte äußerst, äußerst ungewiss sei, die Chancen, sie wiederzufinden, seien mikroskopisch klein. Solche Fälle, hatte er vorgetragen, würden nicht oft gelöst, wegen

115

des hohen Organisationsgrades der Kunsthehler, bestenfalls werde die Geschichte sich endlos lange hinschleppen. Man werde sehen, was sich machen lasse, aber es sehe ganz mies aus. Ich schicke Ihnen trotzdem jemanden von der Spurensicherung vorbei, hatte der Beamte geendet, vielleicht kann der ja noch was finden. Sie fassen solange natürlich nichts an.

Der Spurensicherer war ein paar Stunden darauf erschienen. Er hatte sich nicht gleich zu erkennen gegeben, sondern erst eine Zeitlang die Kunstwerke in der Galerie betrachtet. Ein kleiner Kurzsichtiger mit zu feinem Blondhaar, einem ständigen Lächeln im Gesicht und offenbar ohne jede Eile, mit der Arbeit zu beginnen. Zunächst hatte Ferrer ihn für einen potenziellen Kunden gehalten – Sie interessieren sich für moderne Kunst? –, doch dann stellte der Mann sich vor und präsentierte seine Dienstmarke – Kommissar Paul Supin, Spurensicherung. Das muss ja ein spannender Beruf sein, meinte Ferrer. Ach wissen Sie, sagte der andere, ich hänge fast die ganze Zeit im Labor rum, wenn ich nicht an meinem Elektronenmikroskop sitze, sehe ich so gut wie nichts. Aber ja, stimmt, interessant finde ich das Ganze schon. In Ferrers Atelier hinten hatte er seine kleine Ausrüstung ausgepackt, eine Werkzeugkiste mit dem klassischen Zubehör: Fotoapparat, Fläschchen mit klaren Flüssigkeiten, Pinsel und Puder, Handschuhe. Ferrer sah ihm bei der Arbeit zu, dann verabschiedete sich der Spurensicherer. Ferrer war demoralisiert, er musste sich bemühen, sich schnell wieder zu fangen, allmählich wurde es unerträglich heiß.

Der Sommer kroch langsam voran, als hätte sich unter der Hitze der Aggregatzustand der Zeit verändert, sie war zu einer viskosen Masse geworden, ihr Verstreichen schien durch die Reibung ihrer aufgeheizten Moleküle gebremst. Da die meisten Arbeitstätigen in den Ferien waren, wirkte Paris geschmeidiger und lichter, aber besser Luft bekam man in der still stehenden Atmosphäre nicht, die ebenso mit Giften geschwängert war wie in einer verräucherten Bar kurz vor der Sperrstunde. Allerorten nutzte man das geringere Verkehrsaufkommen, riss die Straßen auf und setzte sie in Stand: donnernde Presslufthammer, kreischende Bohrmaschinen, kreisende Betonmischer, zähflüssiger Asphalt, der die Sonne mit seinen Ausdünstungen verschleiert. Für all das hatte Ferrer kaum Aufmerksamkeit übrig, an zu viele andere Dinge hatte er zu denken, er fuhr mit dem Taxi quer durch Paris von einer Bank zur anderen, versuchte, Geld zusammenzuleihen, wobei ihm kein großer Erfolg beschieden war, und erwog bereits, eine Hypothek auf die Galerie aufzunehmen. Unter diesen Umständen also begegnete man ihm eines Tages um elf Uhr vormittags bei mörderischer Hitze in der Rue du 4-Septembre.

Diese Rue du 4-Septembre ist sehr breit und sehr kurz, ihr Herzschlag wird vom Geld diktiert. Die sämtlich mehr oder weniger gleich aussehenden Empire-Gebäude enthalten Banken, inter- wie nationale, Geschäftsführungssitze von Versicherungskonzernen, außerdem Maklerfirmen, Zeitarbeitsvermittlungen, Redaktionen von Finanzzeitschriften, Börsenmakler- und Expertenbüros, Immobilienbetreuungsfirmen, Verwalter von Eigentumsgemeinschaften, Bauträger- und Generalübernehmergesellschaften, Anwalts- und Notarkanzleien, Numismatikerläden und die verkohlten Trümmer der Crédit-Lyonnais-Brandruine. Die einzige Kneipe der Ecke heißt Agio. Allerdings findet man hier auch die Niederlassung einer polnischen Fluggesellschaft, Fotokopierläden, Reisebüros und Kosmetiksalons, einen Friseur-Weltmeister und die Gedenktafel für einen Résistance-Kämpfer (im Alter von neunzehn Jahren für Frankreich gestorben).

Überdies gibt es in der Rue du 4-Septembre Tausende Quadratmeter renovierte Büros zu mieten und Baustellen unter höchster elektronischer Bewachung: Man entkernt die alten Gebäude, bewahrt die Fassaden, Säulen und Karyatiden, die bekrönten, in Stein gehauenen Häupter, die über den Einfahrtstoren emporragen. Die Etagen drinnen werden gemäß den Erfordernissen der Geschäftswelt so umgebaut, dass man geräumige, begrünte Büros hinter Doppelglasscheiben erhält, um dort immer noch mehr Kapital zu akkumulieren; behelmte Bauarbeiter werkeln wie sommers überall in Paris, sie falten Pläne auseinander, beißen in belegte Brote und kommunizieren via Walkie-Talkies.

Eben hatte Ferrer bei der sechsten Bank an zwei Tagen einen Kredit beantragt, wieder kam er ergebnislos heraus, mit feuchten Händen, die Abdrücke auf dem Material hinterließen, mit dem er sich für die Verhandlung gewappnet hatte. Nachdem diese wiederum gescheitert war, öffneten sich die Türen des Aufzugs im Erdgeschoss auf eine sehr geräumige Eingangshalle, menschenleer war sie, mit zahlreichen kleinen Sofas und niedrigen Tischen möbliert. Als Ferrer diesen Raum durchquerte, verließ ihn unversehens die Lust, nach Hause zu gehen, lieber setzte er sich kurz auf eins der Sofas. Dass er erschöpft, entmutigt, pessimistisch ist, woran erkennt man das, an welchen äußerlichen Zeichen? Zum Beispiel daran, dass er die Anzugjacke anbehält, obwohl es viel zu heiß ist, dass er reglos ein Stäubchen auf seinem Ärmel betrachtet, ohne auch nur zu erwägen, es wegzuwischen, dass er nicht einmal eine Haarsträhne, die ihm in die Augen hängt, beiseite streicht, doch vor allem wohl daran, dass er nicht auf eine Frau reagiert, die eben die Halle durchquert.

Das ist gewiss das Überraschendste, vor allem angesichts des Aussehens dieser Frau. So, wie man ihn kennt, hätte Ferrer interessiert sein müssen, ganz logisch. Eine große, schlanke junge Frau, statuengleich, üppige Lippen, schmale hellgrüne Augen und kupferrote Locken. Sie trug hohe Absätze und ein schwarzes, fließendes, im Rücken sehr tief ausgeschnittenes Ensemble, das auf den Schultern und an den Hüften mit hellen Tressen geschmückt war.

Da sie dicht an ihm vorüberging, hätte er in normalem Zustand ebenso wie sonst jeder den einzigen Zweck dieser Bekleidung darin erkannt, ihr ausgezogen, ja vom Leib gerissen zu werden. Der blaue Aktendeckel übrigens, den sie unter dem Arm trug, und der Kugelschreiber, mit dem sie sich wie nachdenklich auf die Lippen tippte, wirkten wie rein formale Staf-

fage, da sie ganz wie eine Schauspielerin in einem Hardcore-
Porno aussah, in einer dieser Eingangsszenen, in denen dummes
Zeug geredet und darauf gewartet wird, dass es endlich abgeht.
Ach ja, und sie war absolut ungeschminkt. Ferrer konnte dieses
Detail gerade noch registrieren, obzwar mit ebenso wenig Inter-
esse wie für das Mobiliar der Halle, da befiel ihn eine umfas-
sende Schwäche, so, als bekämen auf einmal seine sämtlichen
Körperteile keine Luft mehr.

Es war, als würde ihm ein Halbtonnengewicht auf die Schultern niedersacken, auf Schädel und Brust. Ein säuerlich metalli-
scher, trocken staubiger Geschmack erfüllte seinen Mund, brei-
tete sich über Stirn, Hals, Nacken aus und rief ein Erstickungs-
gefühl hervor, eine höllische Mischung: Niesreiz, grausamer
Schluckauf, tiefe Übelkeit. Es war ihm unmöglich, irgendwie zu
reagieren, seine Handgelenke waren wie gefesselt, sein Geist
von Atemnot benommen, von Panik, Todesangst. Schmerz zer-
riss ihm die Brust, raste vom Hals in den Schritt, vom Bauchna-
bel zu den Schultern, ließ sein linkes Bein, seinen linken Arm
erstarren, und er sah sich vom Sofa fallen, sah den Boden rasend
schnell, zugleich aber wie in Zeitlupe auf sich zukommen. Als
er dann am Boden lag, konnte er sich überhaupt nicht rühren,
jetzt verlor er nicht nur das Gleichgewicht, sondern auch das
Bewusstsein – wie lange? Unmöglich, das zu sagen, doch just
davor war ihm noch eingefallen, was Feldman bezüglich extre-
mer Temperaturen und ihrer Wirkung auf die Herzkranzgefäße
gesagt hatte.

Nun, er kam recht bald wieder zu sich, allerdings brachte er
jetzt keinen Ton heraus; vorhin war sein Blickfeld wie ein Fernseher, den man abstellt, von den Rändern her schwarz geworden, jetzt war es wie eine Kamera, die nach dem jähen Tod des
Kameramanns zu Boden fällt und starr aufnimmt, was ihr vors
Objektiv kommt: eine Ecke, Wand und Parkett, eine schiefe
Scheuerleiste, ein Stück Rohrleitung, ein Tropfen Kleister am
Rand des Teppichbodens. Er wollte sich hochstemmen, brach
bei dem Versuch aber noch schwerer wieder zu Boden. Andere

Leute als die junge Frau in Schwarz schienen herbeigeeilt zu sein, denn er spürte, wie man sich über ihn beugte, ihm die Jacke auszog und ihn auf den Rücken drehte, dass man ein Telefon suchte, dann kam rasch die Feuerwehr mit dem Rettungswagen. Feuerwehrleute sind hübsche junge Männer, beruhigend ruhig und muskulös, sie tragen dunkelblaue Uniformen, Lederriemen und am Gürtel Karabinerhaken. Sanft hoben sie ihn auf die Trage, präzise glitt die Trage in den Wagen. Jetzt fühlte Ferrer sich geborgen. Ohne auf die Idee zu kommen, dass das doch sehr dem Vorfall vom Februar ähnelte, in deutlich unangenehmerer Version, versuchte er, wieder einen wenigstens rudimentären Sprachgebrauch zu erlangen, doch man bedeutete ihm freundlich, er solle still sein. Er gehorchte. Dann wurde ihm erneut schwarz vor Augen.

24

Als er sie wieder aufschlug, sah er zunächst ringsum nichts als Weiß, wie im guten alten Packeis neulich. Ferrer ruhte in einem verstellbaren einschläfrigen Bett mit fester Matratze, die Bettdecke ringsum gnadenlos stramm untergeschlagen, allein in einem kleinen Zimmer, ohne einen einzigen Farbtupfer außer einem smaragdgrünen Baum, der fern hinter dem viereckigen Rahmen des Fensters vor dem Himmel stand. Laken, Bettdecke, Wände und Himmel waren gleichförmig weiß. Dieser entfernte Baum, der einzige grüne Klecks, mochte eine der fünfunddreißigtausend Pariser Platanen sein, der siebentausend Linden oder dreizehntausendfünfhundert Kastanien. Oder aber er gehörte zu jenen, die man auf den letzten unbebauten Flächen antreffen kann, an deren Namen man sich nie erinnert, die vielleicht gar keinen haben, weil sie nur riesiges Unkraut sind, illegale, monsterhaft ins Kraut geschossene Flora. Trotz der Entfernung versuchte Ferrer, ihn zu identifizieren, doch bereits diese geringe Anstrengung erschöpfte ihn, und er schloss die Augen erneut.

Als er sie wieder aufschlug, fünf Minuten später oder am nächsten Morgen, war der Anblick unverändert, doch Ferrer sah jetzt davon ab, die Baumfrage weiter zu verfolgen. Schwer zu sagen, ob er vorsätzlich an nichts dachte oder außerstande war, einen Gedanken zu fassen. Da er verschwommen einen kleinen Fremdkörper an seiner Nase spürte und schielend ahnte, wollte er die Hand dorthin führen, um ihn zu identifizieren, doch sein rechter Unterarm gehorchte nicht. Er ging der Sache nach, und dieser Unterarm war auswärts gedreht, mit einer Schnalle am Bettgestell fixiert und von einer dicken Infusionsnadel durchbohrt, die ein breites, durchsichtiges Pflaster an Ort und Stelle hielt. Allmählich begann Ferrer zu dämmern, was hier vorging, und nur noch der Form halber ertastete er zur Bestätigung mit der Linken, dass der Gegenstand unter seiner Nase ein Sauerstoffschlauch war. In diesem Augenblick ging die Tür auf, eine junge Frau, ebenfalls in weißer Kleidung, doch mit schwarzer Haut, steckte den Kopf herein, wandte sich zu einer anderen um, wohl einer Hilfspflegerin, und bat sie, Docteur Sarradon zu informieren, die 43 sei aufgewacht.

Wieder allein, erneuerte Ferrer schüchtern seine Versuche, den fernen Baum zu identifizieren; es gelang ihm zwar nicht, aber er schlief auch nicht mehr darüber ein: Es ging uns also besser. Dennoch blieb er vorsichtig, als er die Einrichtung detaillierter in Augenschein nahm, er drehte den Kopf zur Seite und erblickte neben seinem Bett diverse Maschinen, Bildschirme und Rechner, die offenbar den Zustand seines Herzens aufzeichneten: unaufhörlich wechselnde, zitternde Flüssigkristall-Zahlen, sinusförmige Kurven von rechts nach links, immer wieder aufs Neue, einander so ähnlich wie Wellen und auch so verschieden voneinander. Ein Telefon stand auf dem Nachttisch, an einem Schraubhaken baumelte eine Erste-Hilfe-Sauerstoffmaske. Ferrer trug seinen Zustand mit Geduld. Draußen neigte sich der Tag, verwandelte all das Weiß seines Zimmers in Hellgrau und ließ die Farbe des entfernten Baums dunkeln, zunächst nach bronze-, dann nach waggongrün. Endlich ging die Tür noch einmal auf, und diesmal erschien Docteur Sarradon selbst mit einem sehr dichten schwarzen Bart und flaschengrünem Kittel, dazu einem winzigen, lachhaften Käppchen in derselben Farbe: Wir blieben also bei Grün.

Während er seinen Patienten untersuchte, erläuterte Sarradon, er sei mit Blaulicht ins Krankenhaus gebracht worden und man habe ihm einen mehrfachen Bypass gelegt, noch bevor er wieder zu sich gekommen war, alles scheine ganz gut gelaufen zu sein. In der Tat, als das Betttuch zurückgeschlagen war und man seine Verbände erneuerte, stellte Ferrer fest, dass er überall vernäht war, den ganzen linken Arm, das ganze linke Bein, dazu meridianisch über den Thorax. Eine hübsche Handarbeit war das, lange, feine, sehr regelmäßige Nähte, die an ein englisches Band aus handgeklöppelten Renaissance-Spitzen erinnerten oder an die Rückseite einer Strumpfnaht oder auch an Schriftzeilen.

Doch, ja, fasste der Arzt das Ergebnis seiner Untersuchung zusammen. Macht sich ganz gut, fügte er nach einem Blick über die am Fußende hängenden Krankenblätter hinzu, während die Schwester Ferrer einen heftigst chlorgebleichten Pyjama anzog. Der Patient, so Sarradon, solle noch drei, vier Tage auf der Intensivstation bleiben, dann in ein normales Zimmer verlegt werden. Knapp zwei Wochen, dann könne man ihn entlassen. Besuch erlaubt. Es wurde Nacht.

Am nächsten Morgen fühlte sich Ferrer tatsächlich etwas besser. Kurz überlegte er, wen aus seinem Bekanntenkreis er über seinen Zustand informieren sollte. Besser, Suzanne erfuhr nichts, sie war seit einem halben Jahr ohne Nachricht von ihm, jetzt würde sie auf diesen Anruf vielleicht verärgert reagieren. Seine Familie wollte er ebenfalls lieber nicht in Sorgen stürzen, sie war für ihn ohnehin zu einem fernen und weit verstreuten Archipel geworden, der nach und nach im steigenden Wasser versank. Ehrlich gesagt, blieb da nicht mehr viel, und Ferrer nahm sich fest vor, im Laufe des Nachmittags wenigstens in der Galerie anzurufen. Elisabeth, die sich rasch daran gewöhnt hatte, dass er öfter kurz ohne Vorwarnung fort blieb, hatte die Galerie zwar gewiss wie immer geöffnet und sich um die laufenden Geschäfte gekümmert, aber besser, sie wusste, wo er war. Doch das hatte keine Eile. Noch besser, er schloss die Galerie bis zu seiner Genesung, das passte in dieser Saison ohnehin ganz gut. Er würde sie morgen diesbezüglich anrufen. Jetzt wollte er erst einmal weiterschlafen, doch da meldete ihm die Krankenschwester entgegen aller Erwartung Besuch. Automatisch versuchte Ferrer, sich auf sein Hinterteil zu setzen, aber nein, noch zu schwach, nichts zu machen.

Es erschien sodann eine junge Frau, die zu erkennen ihm umso schwerer fiel, als sie sich seit der Rue du 4-Septembre umgezogen hatte: Jetzt trug sie ein blaues, rostrot gestreiftes Trägerhemd und einen hochgeschlitzten Rock in etwas dunklerem Blau. Und flache Absätze. Und einer der Träger wollte ihr von der Schulter rutschen. Geschminkt hingegen war sie immer noch genauso wenig. Als er sie nach ein paar Sekunden der Verwirrung schließlich identifiziert hatte, kam Ferrer sich in seinem Pyjama nicht ganz gesellschaftsfähig vor: Instinkthaft fuhr er sich durch sein schmutziges Haar, in dem vom routinemäßigen Elektro-Enzephalogramm bei der Aufnahme noch Placken des Kontaktgels hafteten.

Trotz des Trägers, trotz des hohen Schlitzes und obgleich das ganze Auftreten dieser jungen Frau absolut hätte inspirierend wirken können, spürte Ferrer sofort, dass es zwischen ihnen nicht funken würde. Er mochte noch so sehr mit halb geöffneten Augen und schwach, wie er war, nach den Krankenschwestern äugen und spekulieren, ob, und wenn, was für textiles Zubehör sich unter ihren Kitteln verbarg, diese hier erregte ihn nicht mehr als eine Salesianernonne – auch dieses Ungeschminkte hatte so was klösterlich Keusches.

Sie werde ohnehin nur fünf bis zehn Minuten bleiben, erklärte sie, sie habe von der Feuerwehr erfahren, in welches Krankenhaus man ihn gebracht habe, und wolle nur kurz schauen, wie es ihm gehe. Na ja, Sie sehen ja, so geht es, sagte Ferrer, was sollte er sagen, und deutete summarisch auf Sauerstoffgerät und Infusionsapparatur. Wonach zwischen ihnen nicht mehr großartig viel gesagt wurde, sie schien eher eine von der wortkargen Sorte zu sein und blieb neben der Tür stehen, als wäre sie unablässig im Aufbruch begriffen. Bevor sie dann ging, erklärte sie sich bereit, wieder mal vorbeizukommen, um nach ihm zu schauen, wenn sie dürfe. Er war einverstanden, allerdings fast widerwillig: Eigentlich war ihm diese Frau ziemlich schnuppe, er konnte nicht ganz begreifen, was dieser Besuch sollte, konnte nicht ganz verstehen, was sie von ihm wollte.

An den drei Tagen, die Ferrer nun noch auf der Intensivstation zubringen musste, würde diese junge Frau ihn also täglich besuchen, nachmittags, immer zur selben Zeit, nie länger als für eine Viertelstunde. Beim ersten Mal würde sie sich den schweren, mit blassen, unsauber wirkenden Plastikstreifen bespannten Stuhl neben das Bett ziehen. Dann sollte sie aufstehen und kurz neben das Fenster treten, das nach wie vor den fernen Baum einrahmte – aus dem durch das geöffnete Fenster hindurch Vogelgesang tönte, was das Smaragdgrün kurz aufflackern und vibrieren ließ. Und beim zweiten wie beim dritten Mal würde sie sich ans Fußende des Betts setzen, die Decke war wirklich zu fest unter die Matratze geschlagen: Solange sie da saß, wagte Ferrer nicht, seine eingeklemmten Extremitäten zu bewegen, die wie eine Zeltplane gespannte Decke zwang seine Füße in eine ballettartige Bogenform, mit abgeknickten Zehen.

Am dritten Nachmittag, als sie schon aufbrach, würde er sie dann doch nach ihrem Namen fragen. Hélène. Hélène, aha. Kein schlechter Vorname. Und was sie so im Leben mache? Es sollte eine Zeitlang dauern, bis sie das beantwortete.

25

Unterdessen versucht Baumgartner seinen Wagen vor einem großen Hotel am Meer in Mimizan-Plage zu parken, im Nordwesten des Departements Pyrénées-Atlantiques, am Rand des Territoriums, das er derzeit abfährt. Das Hotel sieht nicht gerade besonders toll aus, aber in dieser Jahreszeit findet man nicht so leicht eine Unterkunft, auch dieses Haus ist voll belegt: Der weitläufige Parkplatz wimmelt von ausländischen Nummernschildern, gut, dass Baumgartner reserviert hat.

Er rollt jetzt also sehr langsam die Reihen der parkenden Wagen entlang, an Paaren und Familien vorbei, die kurz und bunt gekleidet und auf dem Weg zum Meeresstrand sind. Die Sonne hämmert auf die Landschaft ein, der Asphalt glüht und barfuß gehende Kinder hüpfen meuternd von einem Fuß auf den anderen. Alle Parkplätze sind besetzt, keiner wird frei, es dauert endlos, Baumgartner könnte entnervt sein, aber er hat alle Zeit der Welt, die Parkplatzsuche gestattet ihm vielmehr, diese Zeit auszufüllen. Er vermeidet sorgsam, seinen Wagen auf einem Platz abzustellen, den eine Markierung am Boden, das Piktogramm eines Rollstuhls, als Behinderten vorbehalten ausweist. Nicht, dass Baumgartner besonders anständig wäre oder dem Schicksal dieser Menschen besonders mitfühlend gegenüberstünde, nein, er hat eine diffuse Angst, dass er sonst durch eine Art Rückwirkung, durch eine Ansteckung, selber irgendwann behindert sein könnte.

Nach Lösung der Parkfrage nimmt Baumgartner seinen Koffer hinten aus dem Fiat und geht auf den Eingang des Hotels zu. Offenbar ist die Fassade unlängst neu gestrichen worden, an manchen Ecken ist sie mit milchigen Flecken übersät, und in der Eingangshalle herrscht der Geruch weißer, saurer, frischer Tünche, ganz ähnlich dem geronnener Milch. Auch um das Gebäude herum sind Spuren jüngst vergangener Bautätigkeit erkennbar, verdreckte Plastikfetzen, in Container am Rand des Parkplatzes gestopft, zementverschmierte Planken, in einem abgelegenen Winkel locker aufgestapelt. Seinerseits mit roten Flecken auf der Stirn, kratzt der Rezeptionist sich hektisch die rechte Schulter, als er in seinem Verzeichnis Baumgartners Reservierung nachprüft.

Das Zimmer ist düster und alles andere als behaglich, die gebrechlichen, wackligen Möbel wirken unecht wie Theaterrequisiten, die Matratze tarnt sich als Hängematte und das Format der zugezogenen Vorhänge stimmt nicht mit dem des Fensters überein. Über einem harten, hoffnungslosen Sofa bietet eine hingestümperte Lithografie dem Auge einige Zinnien dar, aber bei denen hält Baumgartner sich nicht auf: Er geht schnurstracks zum Telefon, läßt das Gepäck unterwegs fallen, nimmt ab und wählt. Offenbar ist besetzt, denn Baumgartner zieht eine Grimasse, hängt wieder ein, zieht seine Jacke aus und umkreist den Koffer, ohne auszupacken.

Als er ein paar Minuten darauf ins Bad geht, um sich die Hände zu waschen, bewirkt das Öffnen und Schließen des Wasserhahns seismische Erschütterungen in den Rohren des gesamten Gebäudes, als er wieder hinausgeht, rutscht Baumgartner auf den nassen Fliesen aus. Wieder im Zimmer, zieht er die Vorhänge auf und postiert sich vor dem Fenster, nur um festzustellen, dass es auf einen Schacht hinausgeht, eine lichtlose Luftsäule, einen luftlosen, lächerlich engen Kamin, oben mit einer schmierigen Glasscheibe zugedeckelt. Jetzt reicht's, schwitzend nimmt Baumgartner das Telefon ab, ruft in der Rezeption an und verlangt ein anderes Zimmer. Der Rezeptionist teilt ihm unter vernehmlichem Kratzen die Nummer des einzigen noch freien Zimmers mit, eine Etage höher, doch da das Hotelpersonal, wie es aussieht, seinen eigenen Begriff von Dienstleistung hat, kommt niemand, um sich seines Koffers anzunehmen, und er schleppt ihn eigenhändig die Treppe hinauf.

Dort, eine Etage höher, in allen Details dieselbe Szene: Wieder versucht Baumgartner zu telefonieren, wieder ist besetzt. Wieder scheint er kurz davor, die Nerven zu verlieren, aber er beruhigt sich, macht den Koffer auf und verteilt seine Sachen in einem finsteren Schrank und einer Weichholz-Kommode. Dann untersucht er sein neues Zimmer genauer, es ist der eineiige Zwilling des ersten, bis auf die Lithografie über dem beklagenswerten Sofa: Krokusse haben die Zinnien vertrieben. Zwar geht das Fenster blöderweise auf den Parkplatz hinaus, lässt aber immerhin ein bisschen Sonne herein, und immerhin hat Baumgartner von hier aus seinen Wagen im Blick.

26

Ja, genau Ärztin, ich auch, sagte Hélène also nach einer gewissen Pause, aber nicht im üblichen Sinn. Außerdem auch gar nicht mehr, ich meine, ich arbeite nicht mehr in dem Beruf. Außerdem hatte sie niemals mit Patienten Kontakt, hatte den immer gleichen Patienten die medizinische Grundlagenforschung vorgezogen, die sie aber dank einer Erbschaft plus Alimenten vor zwei Jahren sowieso aufgegeben hatte. Ihre letzte Stelle hatte sie in der Salpêtrière innegehabt, in der Immunologie, ich suchte Antikörper, errechnete die Anzahl, versuchte sie zu bestimmen, untersuchte ihre Aktivität, Sie verstehen? Ja, natürlich, also ich glaube, meinte Ferrer zögernd, und ganz wie Baumgartner beziehungsweise gemäß Docteur Sarradons Anweisung würde dann auch er bald das Zimmer wechseln, zwei Tage später und zwei Etagen tiefer.

Das Zimmer sah dem vorigen recht ähnlich, war aber eineinhalbmal größer und enthielt drei Betten. Weniger medizinische Apparate standen herum, die Wände waren hellgelb gestrichen und das Fenster ging auf keinen Baum mehr, sondern auf einen unansehnlichen Ziegelbau. Félix Ferrers Nachbar zur Linken war ein stämmiger Südfranzose, Departement Ariège, äußerst robust und offenkundig in bester Form, Ferrer sollte nie erfahren, weswegen er hier war, der zur Rechten ein Bretone, Departement Morbihan; deutlich schmächtiger, stets in einer Zeitschrift vergraben und an Rhythmusstörungen leidend, hatte er etwas von einem weitsichtigen Atomforscher. Nur selten kam jemand einen der beiden besuchen, zweimal die Mutter des Rhythmusgestörten (unhörbar geflüsterte Beratungen, nicht der geringste Informationswert), einmal der Bruder des Südfranzosen (sonore Besprechung eines außergewöhnlichen Fußballspiels, sehr geringer Informationswert). Die restliche Zeit über beschränkte sich Ferrers Kontakt mit ihnen auf Verhandlungen bezüglich Programm und Lautstärke des Fernsehers.

Hélène kam zwar weiterhin täglich, aber Ferrer begegnete ihr weiterhin nicht sonderlich zuvorkommend und legte keinerlei Freude an den Tag, wenn sie in der Tür stand. Nicht, dass er etwas gegen sie gehabt hätte, aber er hatte anderes im Kopf. Seine Zimmernachbarn hingegen waren baff, schon als die junge Frau zum ersten Mal auftauchte. An den kommenden Tagen beäugten sie sie immer gieriger, jeder auf seine Art – frontal lüstern die Ariège, anspielungsreich von der Seite her das Morbihan. Doch sogar die Begehrlichkeit seiner Nachbarn hatte keine mimetische Wirkung auf ihn, wie es ja manchmal geschieht – Sie wissen, was ich meine: Sie haben kein besonderes Auge auf jemanden geworfen, doch ein zweiter, der an Ihrer Stelle ein Auge wirft, gibt Ihnen den Anstoß, nein, die Erlaubnis, ja, den Befehl, eins auf den ersten zu werfen, so etwas kommt vor, man hat dergleichen schon gesehen, aber hier, nein, es tut sich nichts.

Zugleich ist es aber ganz praktisch, wenn sich jemand um einen kümmern will, so jemand kann was einkaufen, kann auf eigenen Antrieb die Tageszeitungen mitbringen, die man hinterher dem Bretonen weiterreicht. Wären auf der Station Blumen erlaubt gewesen, vielleicht hätte sie auch Blumen mitgebracht. Bei jedem ihrer Besuche informierte Hélène sich über den Stand von Ferrers Genesung, las mit Profi-Mine die am Fußende hängenden Kurven und Schaubilder, doch über diesen klinischen Horizont ging ihr Gespräch nie hinaus. Abgesehen von dem Hinweis auf ihre frühere Berufstätigkeit entschlüpfte ihr nie ein einziges Wörtchen über ihre Vergangenheit. Die weiter oben erwähnten Begriffe Erbschaft und Alimente, die ja ein hohes biografisches Potenzial bargen, wurden nie Inhalt weiterer Erläuterungen. Auch hatte Ferrer keine Lust, ihr aus seinem Leben zu erzählen, das ihm zurzeit ja ohnehin weder sehr berichtens- noch beneidenswert erschien.

So kam Hélène in der ersten Zeit täglich, als wäre das ihr Beruf, als obläge ihr eine barmherzige Besuchsmission, und als Ferrer sich dann irgendwann fragte, was sie eigentlich wollte, wagte er natürlich nie, ihr diese Frage zu stellen. Sie war neutral, fast kühl, und obwohl sie ganz offensichtlich aufreizend wirken wollte, machte sie nie einen konkreten Vorstoß. Aufreizend zu wirken ist ja auch nicht alles, denn sie flößte Ferrer kein Begehren ein. Der war innerlich nun auch bei aller Erschöpfung vor allem mit der Angst vor seinem Ruin beschäftigt, er fürchtete weniger die Ärzte als die Bankiers und befand sich in einer steten Sorge, was niemandem Lust macht, den Verführer zu spielen. Freilich ist er nicht blind, freilich sieht er genau, dass Hélène eine schöne Frau ist, aber er betrachtet sie stets wie durch eine schusssichere, triebdichte Glasscheibe. Nur recht abstrakte oder sehr konkrete Themen besprechen sie, die keinen Platz für Affekte lassen und alle Gefühle aussperren. Das ist ein bisschen frustrierend, aber auch recht erholsam. Bald schien sie das selber einzusehen und ließ ein, zwei Tage Raum zwischen ihren Besuchen.

Doch als nach drei Wochen Ferrer wie vorgesehen entlassen werden soll, bietet Hélène ihm an, ihn bei seinem Umzug zu begleiten. Spät an einem Dienstagvormittag ist es soweit, Ferrer steht auf etwas wackligen Beinen da, seine kleine Reisetasche in der Hand. Sie erscheint, man nimmt ein Taxi. Und er ist doch wieder unbelehrbar, trotz Hélènes stummer Anwesenheit auf der Rückbank fängt er schon wieder an, durch die Taxifenster den Frauen auf dem Trottoir nachzusehen, bis man ihn nach Hause gebracht hat, genauer vor das Haus, in dem er wohnt und das Hélène nicht betritt. Aber kann er sie nicht wenigstens für einen der nächsten Tage, für irgendwann im Laufe der Woche zum Essen einladen, ich weiß ja nicht, aber ich denke, so gehört sich das. Das muss Ferrer auch zugeben. Gut, sagen wir morgen, dann hat man das hinter sich, und jetzt muss man noch ein Restaurant festlegen, in dem man sich trifft: Nach einigem Nachdenken schlägt Ferrer ihr eins vor, das zur Rue du Louvre hin neu eröffnet hat, gleich neben Saint-Germain-l'Auxerrois, ich weiß nicht, kennen Sie es? Sie kennt es. Also, bis morgen Abend?

27

Erst einmal aber nahm Ferrer am nächsten Morgen seine Arbeit wieder auf. Elisabeth hatte die Galerie am Vortag wieder geöffnet und informierte ihn über das wenige, das in seiner Abwesenheit geschehen war: Kaum neue Werke hereingekommen und kaum Post, keine Nachrichten auf dem Anrufbeantworter, keinerlei Fax, null E-Mails. Stillstand, für die Jahreszeit normal. Die Stammkunden unter den Sammlern hatten sich noch nicht wieder gezeigt, waren wohl noch alle in Urlaub, ausgenommen Réparaz, der eben angerufen hatte, um seinen Besuch anzukündigen, bitte sehr, da öffnet sich auch schon die Glastür, und da ist er wieder, unser Réparaz, wie immer in dunkelblauem Flanell mit kleiner Monogrammstickerei auf der Brusttasche des Hemds. Schon länger her, dass man sich gesehen hat.

Er kam herein, drückte Hände und verkündete laut, wie wohl er sich befand mit dem Martinov, den er Anfang des Jahres gekauft hatte, Sie wissen doch, dieser große gelbe. Freilich, sagte Ferrer. Sie sind ja alle mehr oder weniger gelb. Und, haben Sie seitdem neue Stücke reingekriegt? Der Unternehmer klang besorgt. Freilich, sagte Ferrer, ein paar kleinere Sachen, aber ich hatte noch keine Zeit, alles aufzuhängen, nicht wahr, ich habe gestern erst wieder aufgemacht. Das meiste haben Sie schon gesehen. Ich schaue es mir trotzdem mal an, beschloss Réparaz.

Und begann mit Kriminologenblick durch die Galerie zu streifen, schob die Brille auf dem Nasenrücken hoch oder knabberte an ihren Bügeln, während er an den meisten Werken rasch vorbeiging, um schließlich vor einem großen Ölgemälde auf grundierter Leinwand im Format 150 x 200 stehen zu bleiben, das eine Kollektivvergewaltigung zeigte; seit dem Frühsommer hing es hier in einem breiten Rahmen aus dickem Stacheldraht. Nach zwanzigsekündiger Betrachtung stand Ferrer neben ihm. Ich habe mir schon gedacht, dass Ihnen das was sagt, sagte er. Hat was, hm?

Ja, doch, vielleicht, überlegte Réparaz. Das, also ich glaube, das könnte ich mir gut bei mir zu Hause vorstellen. Natürlich ist es ein bisschen groß, aber mich stört vor allem dieser Rahmen. Könnte man den wohl austauschen? Na, schauen Sie mal, sagte Ferrer, Sie sehen ja, das Motiv ist ein klein bisschen heftig, nicht wahr, eine Spur brutal, das finden Sie doch sicher auch. Diesen Rahmen hat der Künstler extra für das Bild anfertigen lassen, nicht wahr, er gehört dazu. Er gehört absolut dazu. Wenn Sie es sagen, sagte der Sammler. Das ist glasklar, sagte Ferrer, außerdem ist es nicht teuer. Ich denke drüber nach, sagte Réparaz, ich rede mal mit meiner Frau. Auch weil das Motiv, ich meine, sie ist da ein bisschen sensibel. Es ist ja trotzdem immerhin, ich möchte nicht, dass es sie. Ich verstehe vollkommen, sagte Ferrer, denken Sie in aller Ruhe nach. Reden Sie mit ihr.

Nach Réparaz' Fortgang öffnete niemand mehr die Tür der Galerie bis zur abendlichen Schließung, die er gemeinsam mit Elisabeth ein wenig vorzog. Ferrer würde etwas später Hélène treffen, im verabredeten Restaurant, einem geräumigen Saal mit gedämpftem Licht, voller runder, weiß eingedeckter Tischchen mit intimen Kupferlampen und ausgeklügelten kleinen Blumensträußen; geschmeidige Bedienung durch angenehm anzuschauende exotische Menschen. Ferrer begegnete hier jedes Mal Leuten, die er von ferne kannte und nicht unbedingt grüßte, aber mit den Exoten sympathisierte er immer gern. Diesbezüglich musste er sich heute Abend zurückhalten, auf die Gefahr hin, sich mit Hélène ein wenig zu langweilen, die so wortkarg war wie stets; heute trug sie ein hellgraues Kostüm mit sehr feinen weißen Streifen. Dieses Kostüm war zwar leider Gottes nicht zutiefst ausgeschnitten, doch immerhin konnte Ferrer beobachten, dass um den Hals der jungen Frau an einer dünnen Weißgoldkette ein Anhänger in Form eines Pfeils eindeutig zu ihren Brüsten hinabwies, das sorgt für Aufmerksamkeit, das sorgt dafür, dass die Wachsamkeit nicht erschlafft.

Ob unschuldig, ob raffiniert, Hélène sprach nach wie vor wenig, doch wenigstens verstand sie zuzuhören, das Gegenüber durch geeignete Laute anzuspornen, peinliche Gesprächspausen im passenden Moment durch eine kleine, angelegentliche Frage zu verkürzen. Er ließ in regelmäßigen Abständen den Blick auf dem Pfeil ruhen, um sich zu ermannen, aber es gelang ihm im Grunde ebenso wenig wie im Krankenhaus, innerlich ein Begehren entstehen und erhärten zu lassen – mir schlechthin unerklärlich, schließlich bin ich da, um zu bezeugen, wie ausgesprochen begehrenswert Hélène ist –; so dass Ferrer den Hauptpart des Gesprächs bestritt, indem er von seinem Beruf erzählte: Kunstmarkt (eher ruhig zurzeit), aktuelle Tendenzen (ziemlich unübersichtlich, ziemlich zerstreut, eigentlich seit Duchamp, wenn Sie so wollen) und laufende Auseinandersetzungen (Sie können es sich gewiss vorstellen, Hélène, wenn Kunst und Geld zusammenstoßen, dann kracht es ganz schön, gezwungenermaßen), Sammler (die werden immer misstrauischer, das verstehe ich wirklich gut), Künstler (die blicken immer weniger durch, das verstehe ich wirklich ganz gut) und Modelle (die gibt es im klassischen Sinn fast nicht mehr, das finde ich vollkommen normal). Um sich nicht lächerlich zu machen, erzählte er lieber nichts von seiner Arktisreise und deren jämmerlichem Ausgang. Doch obwohl seine Berichte oberflächlich blieben und nur offene Türen einrannten, schienen sie Hélène nicht zu langweilen, und Ferrer, einer Gewohnheit gehorchend, lud sie dann doch noch zu einem letzten Glas nach dem Essen ein.

Nun, oftmals geschieht es in dieser Situation – aus dem Restaurant raus, letztes Glas drin –, dass ein Mann, der darauf geachtet hat, weder zu viel Knoblauch noch zu viel Rotkohl noch zu viel letzte Gläser zu sich zu nehmen, eine Frau zu küssen versucht. So wollen es Sitte und Tradition, so macht man es eben, hier aber wiederum nichts dergleichen. Und immer noch weiß man nicht, ist Ferrer nur schüchtern, hat er Angst, abgewiesen zu werden, oder ist es ihm einfach egal. Nicht ausgeschlossen, so würde Feldman ihm erklären, der mit Psychiatrie angefangen hat, bevor er sich auf die Kardiologie verlegte, nicht ausgeschlossen, dass der Infarkt samt anschließender Hospitalisation eine vorübergehende narzisstische Kränkung bei dir hervorgerufen hat, ohne tiefgreifenden psychischen Defekt, keine Angst, aber das könnte möglicherweise kleinere Hemmungen bewirken. Narzisstische Kränkung, am Arsch, würde Ferrer ihm entgegnen. Doch obwohl er Körperkontakt weiterhin vermied, lud er Hélène ein, mal in der Galerie vorbeizuschauen, weil es sie zu interessieren schien.

Das Mal, an dem sie kam, ganz spät an einem regnerischen Nachmittag: nichts mehr von wegen dunkel- oder hellgrauem Kostüm oder tief ausgeschnittenem Ensemble, nur einfach eine weiße Bluse und gleichfalls weiße Jeans unter einem etwas zu weiten Regenmantel. Man unterhielt sich fünf Minuten, Ferrer, dem es immer noch nicht ganz wohl war, kommentierte für sie ein paar Werke (einen kleinen Beucler und vier Esterellas-Häufchen), dann ließ er sie allein weiter durch die Galerie wandern. Den kleinen Martinovs widmete sie keinen Blick, Marie-Nicole Guimards Fotos dagegen viel Zeit, tippte mit zwei Fingern an eine der Schwartz'schen Windmaschinen, die ganz hinten aufgebaut war, und verlangsamte den Schritt kaum vor der kollektiven Vergewaltigung. Ohne sie ganz aus den Augen zu lassen, tat Ferrer, auf den Schreibtisch gestützt, so, als kontrollierte er mit Elisabeth das Layout des nächsten Martinov-Katalogs, da erschien aus dem Nichts: Spontini. Ah, sagte Ferrer fröhlich, Spontini. Wie steht's mit den Temperas?

Von hinten in der Galerie meinte Hélène zu verstehen, dass dieser Spontini nicht kam, um seine Werke zu präsentieren, weder Temperas noch sonst was, sondern Vorwürfe. Das Wort Vertrag fiel. Das Wort Nachbesserung wurde laut. Prozentanteile wurden in Frage gestellt. Zu weit entfernt, um die Diskussion zu verfolgen, schien Hélène sich auf einmal für die jüngsten Arbeiten von Blavier zu interessieren, die gleich neben dem Schreibtisch hingen. Du musst mich verstehen, sagte Ferrer, ich habe eben eine ganz bestimmte Auffassung von meiner Arbeit, ich finde, sie ist fünfzig Prozent vom Verkauf wert. Wenn du jetzt findest, sie ist nur vierzig wert, beispielsweise, dann haben wir wohl ein Problem. Ich finde das zu viel, sagte Spontini, ich finde das wahnsinnig viel. Wahnsinnig viel. Maßlos ist das. Ich frage mich wirklich, ob ich nicht besser mit Abitbol verhandle, der wartet nur auf mich, der Abitbol, ich habe ihn erst vorgestern noch gesehen, auf der Castagnier-Vernissage.

Egal wie, meinte Ferrer matt, das ist nicht das erste Mal, dass du versuchst, so mit mir umzuspringen. Du hast zehn Jahre lang mit mir gearbeitet, hast durch mich alle wichtigen Leute kennen gelernt, und du hast hinter meinem Rücken verkauft, das weiß ich, während ich dich hier ausgestellt habe. Ich werd dir mal was sagen, wenn man das mit mir macht, ja, Abitbol hin oder Abitbol her, dann ist normalerweise Schluss. Hast du überhaupt eine Ahnung? Wie schwierig das ist in Frankreich zurzeit? Aber, wandte Spontini ein, denk mal an Beucler. Was der dir alles angetan hat, und du hast ihn nicht rausgeschmissen.

Mit Beucler ist das ganz was anderes, sagte Ferrer. Mit Beucler lässt sich das nicht vergleichen. Vergiss nicht, erinnerte Spontini, bei den Großformaten hat er dich übers Ohr gehauen. Zehn Prozent hat er dir gegeben, der Beucler, selber hat er neunzig eingesteckt, und alle haben davon gewusst. Du hast ihn nicht rausgeschmissen, und jetzt ziehst du sogar noch die Sache in Japan für ihn auf. Das hat mir wer erzählt. Ich weiß davon, alle wissen davon. Mit Beucler ist das was anderes, wiederholte Ferrer, so ist das eben. Stimmt, ich wollte ihn vor die Tür setzen, aber ich hab's nicht getan. Das mag irrationell sein, aber so ist es nun mal. Ich will nicht mehr darüber reden, bitte.

Bald wurden die Argumente knapp, dann hörte man überhaupt auf, miteinander zu reden, und Spontini war gegangen, grummelnd und halblaut Drohungen murmelnd, Ferrer hatte sich erschlagen in einen Sessel fallen lassen, Hélène sich wieder dem Schwartz zugewandt und ihm von ferne zugelächelt. Sein Antwortlächeln fiel kümmerlich aus, er stand auf, dann trat er zu ihr hin: Sie haben es gehört, Sie haben es mitbekommen, was? Sie müssen mich furchtbar finden. Nein, nein, sagte Hélène. Ich hasse solche Situationen, sagte Ferrer und massierte sich die Wangen, das ist das Schlimmste an diesem Beruf. Ich würde das so gern an jemanden delegieren. Ich hatte diesen Assistenten da, Delahaye, ich habe Ihnen doch von ihm erzählt, der ist schon eine echte Hilfe gewesen, und dann ist er gestorben, der Blödmann. Schade, er war wirklich gut, der Delahaye, der konnte die Situationen wirklich gut entschärfen.

Jetzt rieb er sich die Schläfen, er sah müde aus. Wissen Sie, sagte Hélène, ich habe gerade nicht viel zu tun, ich könnte Ihnen helfen. Das ist nett, lächelte Ferrer betrübt, aber das kann ich wirklich nicht annehmen. Ganz unter uns, so, wie es aussieht, könnte ich Ihnen nicht mal was zahlen. Ist es so schlimm? fragte sie. Ja, ich hatte ein paar Probleme, gab Ferrer zu, ich erzähl's Ihnen.

Und er erzählte. Alles. Von Anfang an. Als er den Bericht seiner Niederlage beendet hatte, war es dunkel geworden. Draußen, hoch über der Baustelle, blinkte es am Heck der Ausleger der beiden gelben Kräne, am Himmel flog die Maschine Paris–Singapur vorbei und blinkte im selben Rhythmus an den Flügelspitzen: Mit diesem synchronen Augenzwinkern zwischen Himmel und Erde wiesen sie einander darauf hin, dass es sie gab.

28

Also mir persönlich geht dieser Baumgartner so langsam auf die Nerven. Sein Alltag ist zu belanglos. Er wohnt im Hotel, telefoniert jeden zweiten Tag und besichtigt alles, was sich nicht wehrt, aber sonst ist nichts los. Da fehlt der Schwung. Seit er aus Paris nach Südwestfrankreich gefahren ist, reist er aufs Geratewohl in seinem weißen Fiat herum, einem schlichten Wagen ohne Extras oder schmückendes Beiwerk, nichts klebt an den Scheiben, nichts hängt am Rückspiegel. Er benutzt vor allem Nebenstraßen. Eines Morgens, es ist Sonntag, erreicht er Biarritz.

Da der Ozean stark bewegt ist, da es ein dunstverhangener, sehr warmer Sommersonntag ist, stehen die Biarritzer da und schauen auf die Wellen, sie haben sich auf mehreren Etagen versammelt, am Strand, aber auch auf Terrassen, Molen und Balkons, auf Felsen und Promenaden; überall dort, von wo sich das Muskelspiel des Ozeans verfolgen lässt, auf allem, was ihn überragt, stehen sie aufgereiht und sehen ihm bei seiner furiosen Nummer zu. Dieses Schauspiel nimmt den Menschen gefangen, ja, es lähmt ihn, endlos könnte er dastehen, ohne dessen müde zu werden, warum auch aufhören – mit Feuer ist es dasselbe, manchmal auch mit Regen, sogar defilierende Passanten, von einem Straßencafé aus gesehen, können diese Wirkung haben.

In Biarritz an jenem Sonntag beim Leuchtturm beobachtet Baumgartner einen jungen Mann, der sich dicht an den Ozean heranwagt, an den äußersten Rand eines Felsvorsprungs, stets in der Gefahr, von den Garben nervöser Gischt, denen er mit torerogleichem Hüftschwung ausweicht, durchnässt zu werden. Übrigens kommentiert er die gewaltigen, nacheinander anrollenden Wellen auch mit Stierkampfbegriffen, begrüßt (*Olé*) eine besonders spektakuläre Explosion, lässt eine vielversprechende und grollende (*Torito bueno*) Welle heranrollen (*Mira mira mira*) und sich aufbäumen (*Toro toro*) – alles anfeuernde Zurufe und Sprüche, mit denen man in der Arena die Stiere reizt. Dann, wenn die Woge wild in alle Richtungen gestürmt ist, sich ausgetobt und verlaufen hat, wenn das Monstertier aus Wasser zu seinen Füßen niedersinkt und stirbt, steht der junge Mann mit ausgestrecktem Arm und erhobener Hand da, als wollte er der Zeit Einhalt gebieten, mit der Geste des Toreros in dem bisweilen quälend langen Moment, in dem das Tier nach dem Todesstoß noch stehen bleibt, während das Leben aus ihm weicht, bevor es zusammenbricht, oft seitwärts und mit starr vom Körper gestreckten Beinen.

Baumgartner bleibt nicht länger als zwei Tage in Biarritz, nur, bis der Ozean ein wenig verschnauft, dann fährt er ins Hinterland zurück. Noch konsequenter als auf seiner vorigen Reise hält Baumgartner sich meist nicht länger in Städten auf, er durchquert sie nur; wenn möglich, umfährt er sie auf Umgehungsstraßen. Lieber macht er auf den Dörfern Pause und sitzt ein Weilchen in den Kneipen, ohne mit jemandem zu reden.

Lieber lauscht er den Unterhaltungen der Leute (*vier Männer, die nichts zu tun haben, vergleichen ihr Körpergewicht und ersetzen die Anzahl der Kilos durch die entsprechenden Ordnungsnummern der französischen Departements. Der Dünnste nennt das Departement Maas – 55 –, der mehr oder weniger normal gebaute das Departement Yvelines – 78 –, der recht Kompakte gibt zu, dass er an das Territoire de Belfort heranreicht – 90 –, und der Dickste übertrifft das Departement Val-d'Oise – 95*), lieber liest er die an den Kneipenspiegeln klebenden Anschläge (RIESENGEMÜSE-WETTBEWERB: *8–11 Uhr: Anmeldung der Gemüse; 11–12.30 Uhr: Jurierung; 17 Uhr: Preisverleihung und Gratiswein. Zugelassen: Lauch, Salat, Wirsing, Rotkohl, Spitzkohl, Blumenkohl, To-*

maten, Melonen, Kürbisse, Paprika, Zucchini, Rote Bete, Möhren, Sellerie, Kohlrüben & Kohlrabi, Rüben & Rübchen, Winterrettich, Kartoffeln, Futterrüben, Futtermöhren, Mais, Knoblauch, Zwiebeln. Allen Gärtnern offen. Höchstens neun Stück pro Teilnehmer. Möglichst mit Blättern, Stengeln und Wurzeln einzureichen. Bewertung nach Gewicht und Aussehen), oder hört den Wetterbericht im Radio (Die Situation am Himmel bleibt unübersichtlich, wahrscheinlich ergiebige Schauer, nachmittags von einigen Donnerschlägen begleitet).

In der Tat, das Wetter wird schlechter, und Baumgartner legt auch immer weniger Wert darauf, in guten Hotels einzukehren, sondern schläft in mehr und mehr gesichtslosen Etablissements, aber das ist ihm offenbar gleichgültig. An den ersten Tagen hat er sich noch pflichtschuldigst sämtliche Tageszeitungen besorgt, lokale wie landesweite, und ist die Kultur- und Gesellschaftsnachrichten durchgegangen, ohne je etwas von einem Antiquitätendiebstahl zu lesen. Als wahrscheinlich wird, dass sich das nicht ändert, reduziert Baumgartner seinen Papierkonsum und blättert die Presseerzeugnisse nur noch zerstreut beim Frühstück durch, beschmiert sie mit Butter und Marmelade, übertüncht ganze Passagen mit Kaffee, stempelt einander überschneidende Orangensaftkringel an den Rand der lachsrosa Wirtschaftsseiten.

Eines Abends bei prasselndem Regen fährt er zwischen Auch und Toulouse durch die Nacht, die jetzt täglich früher hereinbricht. Jenseits der auf Stufe zwei laufenden Scheibenwischer erhellt das Abblendlicht kaum die Straße: Erst im letzten Augenblick sieht er rechts eine Gestalt die Böschung entlanggehen, etwas unterhalb der Straße. Von Wasser und Dunkelheit ertränkt, gleich droht sie sich darin aufzulösen wie ein Stück Zucker, hält sie nicht einmal mehr die Hand heraus oder dreht sich nach den herannahenden Wagen um, deren Lichter und Motorengeräusche ohnedies vom Gewitter verschluckt werden. Dass Baumgartner spontan anhält, ist weniger durch Gutherzigkeit als durch Reflex bedingt, vielleicht eher durch gelinde

Langeweile: Er setzt den Blinker, bremst hundert Meter weiter und wartet, bis die Gestalt ihn erreicht.

Die beschleunigt indessen ihren Schritt nicht, als sähe sie keinen kausalen Zusammenhang zwischen dem haltenden Fiat und sich selbst. Als sie auf seiner Höhe angelangt ist, kann Baumgartner sie diffus durch die zugerieselte Scheibe sehen: eine Frau offenbar, eine sehr junge Frau, sie macht die Tür auf und steigt ein, ohne dass erst die üblichen Vorreden zwischen Anhalter und Angehaltenem gewechselt würden. Sie wirft ihre Tasche auf die Rückbank und setzt sich, nachdem sie die Tür vorsichtig zugezogen hat, wortlos zurecht. Sie ist derart durchnässt, dass die Windschutzscheibe sofort beschlägt – missmutig stellt Baumgartner sich vor, wie der Sitz danach aussehen muss. Übrigens ist sie nicht nur nass, sondern sieht auch eher schmutzig und weltabgewandt aus. Auch on the road nach Toulouse? erkundigt sich Baumgartner.

Die junge Frau antwortet nicht sofort, ihr Gesicht ist im Dunkeln nicht gut zu erkennen. Dann meint sie mit tonloser, rezitativartiger, etwas mechanischer und irgendwie unheimlicher Stimme, sie sei nicht on the road nach Toulouse, sondern unterwegs nach Toulouse, es sei eigenartig und bedauerlich, dass immer mehr Leute meinten, sie müssten auf jugendlich machen, indem sie englische Wendungen benutzen, dass nichts das rechtfertige, dass es ein Symptom einer ganz allgemeinen Sprachschlamperei sei, gegen die man angehen müsse, die sie persönlich sich jedenfalls nicht bieten lasse, dann lehnt sie ihr nasses Haar an die Kopfstütze und schläft augenblicks ein. Sie wirkt komplett bekloppt.

Baumgartner ist ein paar Sekunden lang sprachlos und etwas beleidigt, dann legt er so sacht den ersten Gang ein, als müsste er vor dem Start überlegen. Fünfhundert Meter weiter, als sie leise zu schnarchen beginnt, spürt er Verärgerung, die ihn fast dazu bewegt, anzuhalten und sie wieder in die triefende Dunkelheit hinauszusetzen, aber er besinnt sich: Jetzt schläft sie still, ist friedsam entspannt, sanft vom Sicherheitsgurt gehalten, es wäre des Gentlemans, der zu werden er beschlossen hat, nicht würdig. Dieses Gefühl gereicht ihm zwar zur Ehre, aber vor allem hält etwas anderes ihn zurück: Vor allem erinnert ihre Stimme ihn an jemanden. Auf seine Chauffeursarbeit in feindlicher Umgebung konzentriert, hat er kaum Gelegenheit, einen Seitenblick auf sie zu werfen, ohnedies hat die junge Frau sich zum Fenster gedreht, den Rücken ihm zugewandt. Doch dann auf einmal erkennt Baumgartner sie, ihm wird klar, wer sie ist, es ist vollkommen unglaublich, aber sie ist es. Bis Toulouse fährt er wie auf rohen Eiern, wagt kaum, Luft zu holen, er weicht den Spurrillen aus und vermeidet jedes Ruckeln, das sie wecken könnte. Diese Fahrt dauert eine gute Stunde.

In Toulouse angekommen, immer noch tief in der Nacht, lässt Baumgartner sie am Bahnhof heraus, ohne die Innenbeleuchtung des Wagens anzumachen; er schaut beiseite, als sie ihren Gurt öffnet, aussteigt, sich zweimal bei ihm bedankt, fast unhörbar leise. Baumgartner fährt nicht sofort wieder los, er beobachtet im Rückspiegel, wie sie zum Bahnhofsrestaurant geht, ohne sich umzudrehen. Wegen der Dunkelheit und weil dieses Mädchen, das mir ein bisschen verrückt vorkommt, ihn nicht ein einziges Mal angesehen hat, deutet alles darauf hin, dass sie ihn nicht erkannt hat, zumindest muss man das lebhaft hoffen.

An den folgenden Tagen hält Baumgartner an seiner vom Zufall geleiteten Art des Reisens fest. Er lernt die Melancholie der Kraftfahrerrestaurants kennen, das jämmerliche Erwachen in unbeheizten Hotelzimmern, die Ödnis von Baustellen und landwirtschaftlich genutzten Gegenden und die Bitterkeit, wenn es ihm verwehrt ist, sympathische Menschen näher kennen zu lernen. So geht das noch knapp zwei Wochen, bis Baumgartner gegen Mitte September endlich bemerkt, dass er verfolgt wird.

29

Dieselben zwei Wochen lang besuchte Hélène recht regelmäßig die Galerie. Wie im Krankenhaus kam sie zu wechselnden Zeiten, blieb nie länger als eine Stunde, jeden zweiten, dritten Tag, und wie im Krankenhaus begegnete Ferrer ihr höflich, aber reserviert, ein wenig zu freundlich und mit etwas gezwungenem Lächeln, ganz, als wäre sie eine etwas komplizierte Verwandte.

Der lange Bericht, mit dem er ihr seine aktuellen Probleme geschildert hatte, hatte sie einander doch nicht so entscheidend näher gebracht. Sie hatte ohne besondere Reaktionen zugehört, weder Bewunderung für Ferrers arktische Heldentaten geäußert noch Mitleid oder auch Belustigung angesichts des ärgerlichen Ausgangs der Sache. Dass sie übrigens ihr Angebot, Ferrer in der Galerie zu helfen, nicht erneuerte, hatte ganz gewiss keine finanziellen Gründe. Es blieb dabei, sie waren nicht weitergekommen, suchten immer noch nach Gesprächsthemen, fanden sie nicht immer, öfter mussten sie einfach schweigen. Das hätte gar nicht so schlimm zu sein brauchen, manchmal ist Schweigen eine gute Sache. Vom richtigen Blick oder Lächeln begleitet, kann gemeinsames Schweigen von seltener Intensität sein, es kann ausgezeichnete Resultate und subtile Einsichten erbringen, einen köstlichen Beigeschmack haben und zu definitiven Entscheidungen führen. Hier aber nichts dergleichen: nichts als zähe, belastende, lästige Wortlosigkeit, wie wenn einem ein Stück Lehm unter dem Schuh klebt. Nach kürzester Zeit war das nicht mehr auszuhalten, und bald kam Hélène immer seltener, schließlich gar nicht mehr.

Natürlich war Ferrer zunächst erleichtert gewesen, aber

ebenso natürlich entstand rasch eine gewisse Leere, mit der er nicht gerechnet hätte, schon ertappte er sich selber dabei, dass er auf sie wartete, kurz mal ganz unschuldig auf der Straße nachsehen ging, und selbstverständlich hat sie niemals ihre Adresse oder gar eine Telefonnummer hinterlassen, schließlich hat er nie danach gefragt, der Dummkopf. Und jetzt war es Montagmorgen, oft nicht der beste Tag und die beste Zeit, die man sich denken kann: verrammelte Geschäfte, bedeckter Himmel, stumpfe Luft und schmutziger Boden, kurz, alles ringsum ist dicht, ist genauso deprimierend wie ein Sonntag, nur dass einem das Alibi zum Nichtstun fehlt. Kleine Grüppchen überquerten dann und wann die Straße abseits der Fußgängerüberwege, zum einzigen diensthabenden Prisunic, und ebenso verdrießlich gelb wie die Leuchtschrift an diesem Supermarkt und die Baukräne gegenüber war auch Ferrers Laune. Spontini, der gegen elf Uhr auftauchte, um mal wieder gegen Ferrers Konditionen zu meutern, hätte es nicht schlechter treffen können.

Er hatte keine Zeit, lange zu argumentieren: Hör her, unterbrach ihn Ferrer, jetzt sage ich dir mal, wie ich die Sache sehe. Du arbeitest nicht genug, so, du entwickelst dich nicht. Ganz unter uns, was du machst, interessiert mich nicht mehr besonders, ja? Was soll das heißen? Spontini war besorgt. Das soll schlicht heißen, wenn du an zwei Kulturhäuser und drei Privatleute was verkauft hast, dann bedeutet das noch lange nicht, dass du wer bist, sagte Ferrer. Warte ab, bis ein paar Sammler aus dem Ausland an dir dran bleiben, dann können wir von Karriere reden. Und es soll auch heißen, wenn dir was nicht passt, bitte, da ist die Tür.

In dieser wäre Spontini, als er ging, fast mit einem rund dreißig Jahre alten Mann zusammengestoßen, er trug Blue Jeans und Blouson, nicht mehr unbedingt eine Künstlerkluft heutzutage, und die eines Sammlers schon gar nicht, eher sah er aus wie ein junger Polizeibeamter, und genau das war er auch: Sie erinnern sich doch, sagte Supin, Kripo. Ich komme wegen Ihrer Anzeige.

Ohne jetzt in die technischen Details einzusteigen, sah die Situation laut Supin folgendermaßen aus. Eine gute und eine schlechte Nachricht, ich fange lieber mit der schlechten an, unter dem Elektronenmikroskop hatten die im Atelier entnommenen Proben nichts ergeben. Die gute hingegen war, dass man in der Tasche einer aufgetauten Leiche, die per Zufall entdeckt worden war, ziemlich schlecht konserviert übrigens, zwischen benutzten Taschentüchern, steif und starr waren sie wie flache Kiesel oder eine Hotelseife am Ende ihrer Laufbahn, einen Zettel mit einem Autokennzeichen entdeckt hatte. Diese Nummer habe man identifiziert, und weitere Ermittlungen legten die Annahme nahe, dass dieser Fiat etwas mit dem von Ferrer angezeigten Diebstahl zu tun haben könnte. Er wurde gesucht. So weit war man also gediehen.

Ferrers Laune besserte sich schlagartig. Bevor er nachmittags die Galerie schloss, bekam er noch Besuch von einem jungen Künstler namens Corday. Dieser präsentierte ihm ein paar Projekte, Skizzen und Modelle sowie Kostenvoranschläge für deren Durchführung. Die Mittel zur Realisierung all dieser Objekte, leider, die fehlten ihm. Aber das ist gut, sagte Ferrer, das ist sehr gut, das gefällt mir sehr. Na schön, machen wir eine Ausstellung, meinte Corday. Oder? Ja, sicher, sagte Ferrer, natürlich, natürlich. Und wenn sie gut läuft, machen wir noch eine. Also, machen wir einen Vertrag, schlug der Künstler vor. Immer mit der Ruhe, sagte Ferrer, immer mit der Ruhe. Einen Vertrag macht man nicht so mir nichts dir nichts. Kommen Sie übermorgen wieder vorbei.

30

Seit seinem Inkrafttreten im Jahre 1995 gestattet das Schengener Abkommen bekanntlich den freien Personenverkehr zwischen den europäischen Unterzeichnerstaaten. Dank der Abschaffung aller Kontrollen an den Innen-, dazu der verstärkten Überwachung an den Außengrenzen können die Reichen bequem und ungestört bei den Reichen spazieren gehen, können einander die Arme weiter öffnen als zuvor und sie umso fester vor den weniger Begüterten verschließen, die – verstärkt kanalisiert – ihr Ausgesperrtsein umso schmerzlicher empfinden. Freilich, das Zollwesen als solches bleibt bestehen, so dass die Zivilisten nicht ungestraft alles Mögliche hin- und herschmuggeln können, doch können sie jetzt immerhin reisen, ohne an den Grenzen eine geschlagene Stunde lang warten zu müssen, bis jemand die Nase in ihren Pass steckt. Eben dies zu nutzen schickt Baumgartner sich jetzt an.

Er hat die Gegend derart abgegrast, noch das kleinste Heimatmuseum und sämtliche Sehenswürdigkeiten, dass die Panoramen und Aussichtsorte unten links auf der Frankreich-Karte keinerlei Geheimnis mehr für ihn bergen. In der jüngsten Zeit hat er den äußersten südwestlichen Zipfel nicht mehr verlassen, nie weiter als eine halbe Stunde von der Grenze entfernt, als wäre er ein halb blinder Passagier an Bord eines halb wasserdichten Frachters und hielte sich stets in größtmöglicher Nähe der Rettungsboote auf, hinter einem Lüftungsrohr verborgen.

Für Baumgartner aber hat es, um einen Tapetenwechsel zu beschließen, genügt, dreimal an drei Tagen nacheinander denselben Motorradfahrer in roter Kluft samt rotem Helm zu sehen. Erstmals entdeckte er diesen Menschen im Rückspiegel, als er tief im Gebirge weit hinter ihm auf einer stark gewundenen Regionalstraße im Rhythmus der Haarnadelkurven auftauchte und verschwand. Und dann, an einer Mautstelle für die Autobahngebühr, war das nicht derselbe, der da unfern zweier schwarz gekleideter Motorradpolizisten in ein Sandwich biss, an seine Maschine gelehnt – der Helm schien das Auf und Ab des Unterkiefers nicht zu behindern. Beim dritten Mal schließlich, am Rand einer Nationalstraße, wieder im Regen, hatte der Mann offenbar eine Panne und hing am Notfalltelefon; umsichtig trug Baumgartner im Vorbeifahren dafür Sorge, dass die rechten Räder seines Fahrzeugs eine große, tiefe Pfütze trafen. Er lachte, als er im Rückspiegel sah, wie der Matschregen den Mann zur Seite springen ließ, er war ein wenig enttäuscht, dass er ihm nicht die Faust hinterherschüttelte.

Baumgartners Dasein, eher ziellos in den letzten Wochen, still und wie von einem verdrossenen Nebel gedämpft, belebt sich ein wenig durch das Auftauchen dieses roten Motorradfahrers. Dank dessen Gegenwart und der daraus resultierenden Aufregung fühlt er sich nicht mehr ganz so einsam; seine Bewegungen in den Hotelzimmern hallen nicht mehr gar so hohl. Die letzte ihm gebliebene Verbindung zur Welt, seine täglichen Anrufe in Paris, machen die Isolation erträglicher; telefonisch kündigt er auch seinen Aufbruch nach Spanien an. Und außerdem ist jetzt wirklich Herbst, sagt er, abends wird es langsam ziemlich kühl. Kein Wunder bei dem Regen die ganze Zeit. Da unten geht es mir sicher besser.

Dort, wo er sich am heutigen Donnerstagmorgen befindet, in Saint-Jean-de-Luz nämlich, bieten sich dem Spanienreisenden zwei Routen an. Entweder die Autobahn 63: Hier besteht die Grenze aus mit Schildern und Emblemen gepflasterten Säulenreihen und Bögen, aus alten, schmutziggelben, aufgebrannten Fahrbahnmarkierungen, die sich vom Asphalt lösen, aus geschlossenen, weil stillgelegten Schaltern, und aus Schranken, ewig geöffnet über den Köpfen dreier weiträumig verstreuter, untätiger Beamter, die in nicht identifizierbaren Uniformen dastehen, den Rücken zum Verkehr, und sich fragen, was sie hier sollen. Oder aber man nimmt die Nationalstraße 10, wie Baumgartner.

Die 10 kreuzt in Béhobie die Grenze in Gestalt einer Brücke über den Fluss Bidassoa. Riesige LKWs parken vor dem letzten französischen Gebäude, einer Bank, und der Zoll besteht hier aus menschenleeren, verwüsteten Bunkern mit schiefen, verfallenen Rolltoren. Die letzten zugedreckten Fensterscheiben verbergen notdürftig die Schutt- und Schrotthaufen im Inneren, und das ist natürlich alles unansehnlich, soll aber auch bald abgerissen werden: Angesichts des Zustands befürworten die Madrider Behörden den von der Gemeinde gestellten Antrag, so dass es nur noch eine Frage von Tagen ist, die Bulldozer zerren schon an den Zügeln und warten auf die behördliche Feststellung des Ruins – sowohl, was die Immobilie, als auch, was die wirtschaftliche Situation anbelangt –, wonach man den Erlass unterzeichnen kann, der erlaubt, das Ganze in die Luft zu jagen.

Übrigens sieht die gesamte Gegend bereits aus wie eine Baustelle. Parasitäre Vegetation belagert zahlreiche Häuser mit verfallenen Wänden und wuchert üppig aus den geborstenen Dächern. Wenn die jüngsten Gebäude nicht schon wieder zugemauert sind, baumeln verschiedene schwärzliche Stoffe und Plastikfolien vor den Fensteröffnungen. Es riecht sauer nach Rost, und auch der Himmel ist von einem rostigen, exkrementhaften Farbton, kaum erkennbar hinter dem prasselnden Regen. Dazu ein paar Fabriken, sie sehen aus, als wären sie so gut wie abgerissen, noch bevor der Konkursantrag gestellt ist, hügelhoch umsäumt sie Abfall, verlassene, mit Graffiti beschmierte Gerüste ranken an ihnen empor. Hinter der Brücke stehen Autos wild durcheinander und harren ihrer Fahrer, die zollfreie Spirituosen und Tabakwaren einkaufen gegangen sind. Wenn sie dann weiter können, zuckt die Straße, der Ampeln die Luft abschnüren, in einer chronischen Verstopfung, und man kommt nur stoßweise, wie hustend voran.

Baumgartner tut dasselbe wie alle anderen: Er steigt aus, rennt mit eingezogenem Kopf und hochgeschlagenem Mantelkragen durch den Regen zu den Billigläden. Einer davon bietet kleine Regenhütchen aus schwarzem, mit Schottenkaro gefüttertem Nylon feil, das kommt doch gerade recht: Baumgartner probiert mehrere an. Größe 58 ist für seinen Kopfumfang zu klein, Größe 60 zu groß, also kauft er ohne weiteren Umstand einen 59er, der muss doch der Richtige sein, als er ihn aber im Wagen vor dem Schminkspiegel anprobiert, scheint auch er nicht besonders zu sitzen, doch zu spät und was soll's, der Fiat rollt ungehindert über die Grenze, jetzt atmet Baumgartner ein bisschen auf.

Bekanntlich verwandelt sich der Körper beim Überqueren einer Grenze, der Blick nimmt eine neue Brennweite an und richtet sich auf andere Ziele, die Dichte der Luft ändert sich und Düfte wie Geräusche werden außerordentlich markant, selbst die Sonne zieht ein anderes Gesicht. Die Oxyde knabbern unerhört effektiv an Straßenschildern, welche auf ein unbekanntes Konzept von Kurve, Geschwindigkeitsbegrenzung oder Bodenwelle deuten, der Sinn mancher von ihnen bleibt vollends im Dunkeln, und Baumgartner spürt, wie er ein anderer wird, oder besser zugleich derselbe bleibt und ein anderer wird, wie wenn man eine vollständige Bluttransfusion erhält. Zudem ist, sobald er die Grenze passiert hat, eine sanfte Brise aufgekommen, wie man sie in Frankreich nicht kennt.

Drei Kilometer hinter dem früheren Grenzposten hat sich erneut ein Stau gebildet. Ein Kastenwagen mit der Aufschrift POLICIA blockiert die Straße in der Gegenrichtung, Männer in schwarzer Uniform kämmen den Verkehr durch, und dahinter sichern alle fünfzig Meter weitere Beamte im Tarnanzug den Seitenstreifen, eine MP diagonal vor der Brust. Baumgartner ist nicht betroffen, aber nochmals drei Kilometer weiter, er fährt mäßig schnell, überholt ihn ein dunkelblauer Renault. Statt wieder einzuscheren, fährt der Renault auf einer Höhe neben ihm her, dann erscheint aus einem herabgelassenen Seitenfenster ein Arm in einem Ärmel in derselben Farbe, an seinem Ende eine blasse Hand, deren schmale Finger sich langsam auf und ab bewegen, rhythmisch in der Luft klimpern, den Takt schlagen und geschmeidig auf den Straßenrand deuten, wo zu halten man Baumgartner ruhig, aber bestimmt anweist.

Da er auf so zivilisierte Weise geschnitten wird, betätigt Baumgartner den Blinker, ermahnt sich, nicht zu schwitzen, bremst langsam ab und bleibt schließlich stehen. Nachdem der blaue Kastenwagen ihn überholt und zehn Meter vor dem Fiat gehalten hat, steigen zwei Männer aus. Spanische Zöllner, sie lächeln glattrasiert, ihr Haar hat sämtliche Furchen des Kamms bewahrt, die Uniformen sind tadellos gebügelt, ein Liedchen schwingt auf ihren Lippen nach, als sie auf Baumgartner zutänzeln. Der eine spricht so gut wie akzentfrei Französisch, der andere schweigt. Zollkontrolle, Monsieur, sagt der Redende, reine Routinesache, Fahrzeugpapiere und Ausweispapiere und dürfte ich Sie bitten, den Kofferraum zu öffnen.

Es dauert keine Minute, bis der Inhalt des Kofferraums sich dem Schweigenden als uninteressant erschlossen hat: Taschen, Wechselwäsche, Waschzeug. Der Zöllner, der nicht spricht, schließt die Haube so sanft wie ein Uhrmacher, und der andere kehrt, Baumgartners Ausweis in der Hand, auf Zehenspitzen zum Kastenwagen zurück, aus dem er nach drei Minuten wieder zum Vorschein kommt, nach einem Anruf oder einer Computerabfrage. Tadellos, Monsieur, sagt er, bitte nehmen Sie unsere Entschuldigung entgegen, ebenso wie unseren Dank für Ihre Bereitwilligkeit, die uns ehrt und unseren ehrlich empfundenen Respekt vor einer grundlegenden Moral nur vertiefen kann, einer Moral, die untrennbar mit der Mission verbunden ist, mit der wir zu unserem Glück betraut sind und der wir unser Leben verschrieben haben, ohne Rücksicht selbst auf unsere Familien (Ja, sagt Baumgartner), ungeachtet, welche Hindernisse sich uns tagtäglich entgegenstellen, Hindernisse, deren Höhe und Härte die Begeisterung steigern, ja erst auslösen, die uns Tag für Tag beseelt in unserem Kampf gegen das Krebsge-

155

schwür der zahllosen Verstöße gegen die Zollbestimmungen (Ja, ja, sagt Baumgartner), die mir jedoch auch, neben hundert anderen Dingen, erlaubt, Ihnen im Namen meines Volkes im Allgemeinen und unserer Zolldienststellen im Besonderen eine gute Weiterfahrt zu wünschen. Danke, danke, sagt Baumgartner verwirrt, lässt das Getriebe krachen, würgt den Motor ab, dann fährt er weiter.

Nun ist er wieder unterwegs, und der Herbst ist tatsächlich da, er ist sogar schon ziemlich weit, denn eben jetzt zieht parallel zur Nationalstraße ein Trupp von Störchen über den Himmel. Die Störche haben Reisesaison und absolvieren so gut wie ohne Zwischenlandung ihren jährlichen Trip Potsdam–Nouakchott via Gibraltar, meist auf altvertrauten Routen. Nur ein einziges Mal werden sie Halt machen, fast auf halber Strecke, auf der endlosen Geraden Algeciras–Málaga, da diese Passage von Pfeilern gesäumt ist, auf denen eine kluge, umsichtige Verwaltung große, storchengeeignete Nester hat anbringen lassen. Dort machen sie Pause, verschnaufen ein bisschen, klappern ein wenig miteinander, schnappen sich die eine oder andere ortsansässige Ratte oder Viper, vielleicht sogar ein leckeres kleines Aas, man kann nie wissen – und unterdessen stehen an einer früheren Stelle ihrer Reise die beiden schönen spanischen Zöllner und schauen sich prustend an. *Me parece, tío*, sagt der Redende zum Schweigenden, *que hemos dado tiempo al Tiempo.* Beide krümmen sich vor Lachen, die Brise wird kühler.

Und zwanzig Minuten später, kurz vor Mittag, erreicht Baumgartner einen Badeort. Er parkt seinen Fiat in der zentral gelegenen Tiefgarage, nimmt ein Zimmer mit Meerblick im Hôtel de Londres et d'Angleterre, dann geht er ins Freie und schlendert ziellos ein wenig durch die breiten, lichten Straßen des Geschäftsviertels, in denen sich etliche Bekleidungsläden angesiedelt haben, Luxus- und andere Marken. Er kann genug Spanisch, um in einem Geschäft eine Hose anzuprobieren, aber nicht genug, um zu erklären, warum er sie nicht nimmt. Dann geht er wieder in die Altstadt, in deren Straßen eine unnatürliche Vielzahl Bars geöffnet hat. In einer davon deutet Baumgartner auf Kleinzeug, in Sauce oder gesotten oder gegrillt, das auf dem Tresen angeboten wird und das er sehr schnell im Stehen futtert, dann kehrt er über die Uferpromenade enlang der Bucht in sein Hotel zurück.

Und zwei Wochen später ist es für Anfang Oktober extrem kalt. Die Leute auf der Uferpromenade tragen bereits Anoraks und Mäntel, Pelze und Schals, Steppdecken überwölben Kinderwagen, die man raschen Schrittes vor sich herschiebt. Aus dem Fenster seines Zimmers im Hôtel de Londres et d'Angleterre beobachtet Baumgartner eine Frau mit betörendem Seehundskörper, die in einem schwarzen Einteiler in den graugrünen Ozean steigt, allein schon dessen Farbe lässt einen frösteln. Sie ist absolut allein in der Bucht, unter einem graubraunen Himmel, der es auch nicht besser macht, Spaziergänger bleiben auf der Promenade stehen und schauen ihr nach. Sie schreitet in das eiskalte Wasser, es reicht ihr bis zu den Knöcheln, zu den Knien, zur Scham, dann bis zur Taille, hier angelangt, bekreuzigt sie sich, hechtet hinein und Baumgartner beneidet sie. Was hat sie mir voraus, dass sie das schafft? Vielleicht nur eben, dass sie schwimmen kann. Ich nicht. Ein Kreuz schlagen kann ich, aber schwimmen? Nein.

31

Also, machen wir jetzt unseren Vertrag? drängte Corday aufgeregt am nächsten Morgen. Vertrag, Vertrag, sagte Ferrer, schon weniger begeistert als abends zuvor, nicht so schnell. Nur nichts überstürzen. Sagen wir erst mal, ich kümmere mich darum, dass die Sachen gebaut werden, ja, ich mache das auf meine Rechnung. Und wenn es verkauft wird, behalte ich die Kosten ein. Dann abwarten, ob's läuft, ob es sich lohnt, dir einen anderen Ausstellungsort zu suchen, in Belgien, in Deutschland, was in der Art. Und wenn's nicht läuft, bleiben wir erst mal in Frankreich und versuchen, ob sich zum Beispiel was mit Kulturhäusern machen lässt. Und dann schauen wir, dass wir etwas an eine Bank oder ein Buchkaufhaus loswerden, verstehst du, und dann zeigen wir das hier oder dort, das bringt auch schon Bewegung in die Sache. Und dann New York.

New York! echote der andere verblüfft. New York, wiederholte Ferrer, New York. Immer mehr oder weniger dasselbe Schema, nicht wahr. Und wenn das Ganze läuft, wie es soll, dann können wir über alles reden von wegen Vertrag. Du entschuldigst mich einen Augenblick.

Nahe der Tür, gedankenversunken vor einem kürzlich hereingekommenen Werk, einem riesigen Asbest-BH, der durch Empfehlung des Gatten der Schwartz'schen Geliebten an Ferrer gelangt war, verharrte wiederum Supin, der Kriminalbeamte. Er sah so jung aus, dieser Supin, er trug nach wie vor seine Standard-Kriminalerkleidung, die ihm abgrundtief zuwider war, aber Job ist Job. Er wirkte ausgesprochen froh, hier zu sein, in der Galerie Ferrer, Moderne Kunst, endlich mal was für mich.

Dieser Fiat, sagte Supin. Ich wollte Ihnen nur erzählen, dass der offenbar gesehen worden ist, nahe der Grenze, in Spanien. Zollkontrolle, Routinesache, Glückstreffer. Sie haben sich bemüht, den Fahrer eine Zeitlang aufzuhalten, aber der Zoll kann bei so was natürlich nicht viel tun. Wir sind sofort verständigt worden, zum Glück können wir ganz gut mit den Jungs da unten. Natürlich versuche ich, den Verdächtigen aufzutreiben, ich setze ein paar Kollegen aus der Gegend auf die Sache an, aber garantieren kann ich Ihnen nichts. Wenn sich was ergibt, rufe ich Sie an. Auf jeden Fall melde ich mich heute Abend oder morgen. Sagen Sie mal, nur so aus Interesse, dieser große BH da, auf wie viel kommt der wohl?

Als Supin, von der Wucht des Preises erschüttert, davongewankt war, und trotz der Neuigkeiten, die vielleicht einen Fortschritt bedeuten konnten, wurde Ferrer von finsterer Trübsal ergriffen. Schnellstmöglich entledigte er sich Cordays, war nicht mal mehr sicher, dass er die ihm gegebenen Versprechen würde einhalten wollen, abwarten. Er musste sich fast gewaltsam beherrschen, damit diese Verstimmung nicht an Terrain gewann, dass sie vor allem nicht seine berufliche Existenz anfraß und auf sein Verhältnis zur Kunst ganz allgemein übergriff. Bei einem von plötzlichem Ekel begleiteten Rundblick auf die bei ihm ausgestellten Werke befielen ihn Zweifel, und er musste die Galerie erneut früher schließen als üblich. Er gab Elisabeth frei, verriegelte die Tür, ließ das elektrisch betriebene Metallgitter herab und ging dann, gegen den an jenem Tag recht heftigen Wind gebeugt, zur Metrostation Saint-Lazare. Umsteigen an der Opéra, aussteigen am Châtelet, von wo aus es über die Seine zum Justizpalast keine zwei Minuten Fußweg mehr sind. Ferrers diverse beruflichen und finanziellen Sorgen waren nicht der alleinige Grund für seine Verstimmung, seine Gebeugtheit und seine verschlossene Miene: Heute war außerdem der 10. Oktober, und zu seiner Scheidung zu gehen ist nie besonders erheiternd.

Zwar war er nicht der einzige in dieser Situation, aber das war ihm kein Trost: Der Warteraum war gestopft voll mit Paaren am Ende des gemeinsamen Weges. Manche davon schienen sich trotz des Verfahrens gar nicht schlecht zu verstehen, man plauderte gelassen mit den Anwälten. Vorgeladen waren sie zu halb zwölf, zehn nach halb war Suzanne noch nicht da – immer zu spät, dachte Ferrer mit einem Nachhall von Verärgerung, aber der Familienrichter war auch noch nicht zugegen. Unbequeme Plastikstühle waren an die Wände gedübelt, rings um einen niedrigen Tisch, auf dem eine Sammlung verschiedenster zerlesener Zeitungen auslag, juristische Periodika ebenso wie Kunst- oder Gesundheitsmagazine und dem Leben Prominenter gewidmete Zeitschriften. Ferrer griff nach einer davon und blätterte darin herum: Wie immer hauptsächlich Fotos von Stars aller Arten, Stars aus Film und Fernsehen, Musik, Sport, Politik und sogar Gastronomie. Eine Doppelseite in der Mitte präsentierte das Bild eines Superstars in Begleitung seiner neuen Flamme, und hinter diesen beiden war etwas verschwommen, aber doch deutlich genug, Baumgartner erkennbar. In vier Sekunden würde Ferrer auf dieses Bild stoßen, noch drei, zwei, eine, aber diesen Moment wählte Suzanne für ihren Auftritt, er klappte die Zeitschrift ohne Bedauern zu.

Der Richter war eine Richterin mit grauen Haaren, ruhig und angespannt zugleich, ruhig, weil sie sich für eine routinierte Richterin hielt, und angespannt, weil sie wusste, dass es Routine nicht gibt. Obgleich sie sich einer aufgesetzten Distanziertheit befleißigte, überlegte Ferrer, im Privatleben müsse sie fürsorglich sein, warmherzig und vielleicht sogar liebevoll, ja, ganz offenbar eine gute Mutter, obwohl mit ihr sicher nicht immer gut Kirschen essen war. Nicht ausgeschlossen, dass sie einen gerichtlich bestallten Urkundsbeamten geehelicht hatte, der sich um den Haushalt kümmerte, wenn sie sich zum Abendessen verspätete, und bei Tisch plaudert man dann über Fragen des Zivilrechts. Zunächst empfing sie das Ehepaar gemeinsam, Ferrer fand ihre Fragen belanglos, seine Antworten fielen äußerst einsilbig aus.

Suzanne blieb die meiste Zeit ebenso reserviert, antwortete

so knapp wie möglich, mit größtmöglicher Ökonomie. Nein, nein, meinte Ferrer, als die Richterin der Form halber nachfragte, ob er Kinder habe. Ihre Entscheidung steht also fest? wandte sie sich an Suzanne, und dann an Ferrer: Monsieur wirkt etwas weniger sicher als Madame. Doch, doch, sagte Ferrer, keine Frage. Dann wollte sie sich noch mit beiden einzeln besprechen, Madame zuerst. Während er wartete, dass er an die Reihe kam, nahm Ferrer nicht wieder dieselbe Zeitschrift, stand, als Suzanne aus dem Richterzimmer kam, auf und suchte sie mit dem Blick, den sie nicht erwiderte. Er stieß mit dem Schienbein an einen Stuhl und ging hinein. Sie sind ganz sicher, dass Sie sich scheiden lassen wollen? fragte die Richterin. Ja, ja, antwortete Ferrer. Gut, sie klappte die Akte zu, so, das war geschafft.

Draußen dann hätte Ferrer Suzanne schon ganz gern eingeladen, ein Glas mit ihm zu trinken, zum Beispiel gegenüber in der Gerichtskneipe, aber dazu ließ sie ihm keine Gelegenheit. Ferrer erbebte, auf das Schlimmste gefasst, auf demütigende Schimpftiraden oder Zahlungsaufforderungen, was ihm beides im Januar erspart geblieben war, aber nein, nein. Sie hob nur einfach den Finger, um ihm Schweigen zu gebieten, griff in die Handtasche, nahm einen Satz Galerieschlüssel heraus, der in Issy geblieben war, reichte ihn ihm wortlos und ging dann südwärts zum Pont Saint-Michel. Fünf reglose Sekunden später ging Ferrer seinerseits zum Pont au Change, gen Norden.

Gegen Abend schloss Ferrer die Galerie wie jeden Tag um neunzehn Uhr, bald würde es dunkel werden, schon war die Sonne in dieser Erdengegend nicht mehr zu sehen, es blieb nur noch der sehr reine, blaugraue Himmel, in dessen Mitte ein fernes Flugzeug die letzten, von hienieden nicht mehr sichtbaren Strahlen zu einem hellrosa Streifen bündelte. Wieder stand Ferrer kurz reglos da und blickte die Straße hinab, bevor er losging. Die Händler ringsum ließen wie er ihre Metallgitter herabrattern. Auch die Arbeiter von der Baustelle gegenüber verließen den Ort, nachdem sie sorgsam die Ausleger der Kräne nach dem gerade herrschenden Wind ausgerichtet hatten. An der

Fassade des benachbarten Hochhauses verbargen Parabolantennen jedes zweite Fenster: Wenn die Sonne schien, verwehrten sie ihr den Eintritt und ersetzten sie durch die Bilder, dank derer der Fernseher an die Stelle des Fensters trat.

Gerade wollte er von der Galerie fortgehen, da tauchte am Ende der Straße eine Frauengestalt auf, die Silhouette kam ihm irgendwie bekannt vor, es dauerte einen Augenblick, bis er feststellte, dass es Hélène war. Es war nicht das erste Mal, dass Ferrer sie nicht gleich erkannte: Schon im Krankenhaus, wenn sie sein Zimmer betrat, hatte er dieselbe Verzögerung erlebt, er wusste genau, dass sie es war, musste ihr Äußeres aber jedes Mal neu zusammensetzen, bei Null anfangen, als würden ihre Gesichtszüge sich nicht spontan von selber ordnen. Dabei waren sie schön, ganz ohne Frage, harmonisch verteilt, einzeln bewunderte Ferrer sie durchaus, nur veränderte sich ihre Anordnung unablässig und stellte nie dasselbe Gesicht her. Sie befanden sich in einem instabilen Gleichgewicht, als unterhielten sie wechselnde Beziehungen zueinander, sie wirkten, als befänden sie sich auf steter Wanderschaft. So hatte Ferrer nicht jedes Mal, wenn er Hélène sah, dieselbe Person vor sich.

Sie kam rein zufällig vorbei, ohne Vorwarnung ihrer- noch Vorahnung seinerseits: Ferrer lud sie zu einem Glas ein und machte die Galerie wieder auf. Während er nach hinten ging, kalten Champagner holen, beschloss er, Hélènes Gesicht diesmal eingehend zu studieren, so, wie man eine Lektion auswendig lernt, um es ein für allemal zu kennen und sich von der Verlegenheit zu befreien, in die es ihn jedes Mal stürzte. Doch waren seine Anstrengungen zum Scheitern verurteilt, da Hélène sich heute erstmals geschminkt hatte, was alles änderte und verkomplizierte.

Schminke nämlich maskiert und dekoriert die Sinnesorgane zur gleichen Zeit, zumindest, das beachte man, diejenigen, die mehrfach verwendet werden. Den Mund zum Beispiel, der ein- und ausatmet und spricht und isst, der trinkt, lächelt, flüstert, küsst, lutscht, leckt, beißt, pustet, seufzt, schreit, raucht, grimassiert, lacht, singt, pfeift, schluckt, spuckt, rülpst und kotzt: Man malt ihn an, das ist ja auch das Mindeste, zum Dank, dass er so viele noble Aufgaben erfüllt. Auch die Umgebung des Auges, das guckt, ausdrucksvoll schaut, weint und sich zum Schlafen schließt, und das ist ja alles ebenfalls nobel, bemalt man. Ebenso die Fingernägel, die beim unendlichen und edlen Varieté der taktilen Operationen in der ersten Reihe tanzen.

Was aber nur eine oder zwei Funktionen erfüllt, das bleibt unbemalt. Sowohl das Ohr – das nur zum Hören dient –, an dem man allenfalls ein Gehänge befestigt. Als auch die Nase – sie atmet nur und riecht und ist manchmal verstopft –, die man dem Ohr gleich mit einem Ring, einem Edelstein oder einer Perle versieht, in manchen Breiten auch mit einem wirklichen Knochen, während man sich in den unseren damit begnügt, sie zu pudern. Hélène aber trug keines dieser Accessoires zur Schau, nur roten Lippenstift, Farbton Rubin, Lidschatten, der in Richtung Siena ging, dazu ein bisschen Eye-Liner. In Ferrers Augen – er entkorkte gerade den Champagner – wurde dadurch alles noch komplizierter.

Aber nein, es war keine Zeit für irgendwelche Komplikationen, denn ausgerechnet jetzt läutete das Telefon: Supin am Apparat, ich melde mich früher als gedacht, ich glaube, wir haben was gefunden. Ferrer griff sich den ersten besten Bleistift, lauschte aufmerksamst und machte hinten auf einem Briefumschlag ein paar Notizen, um schließlich dem Kriminalmann überschwänglich zu danken. Nichts zu danken, sagte Supin, reines Glück. Wir haben einen guten Draht zum spanischen Zoll, erinnerte er Ferrer, und ich habe bei den Motorrad-Gendarmen da unten einen sehr fähigen Kollegen, der sich bereit erklärt hat, nach Feierabend ein bisschen zu beschatten. Da haben Sie's, von wegen Grabenkriege zwischen uns und der Polizei dort. Nach dem Auflegen füllte Ferrer nervös zwei Kelche, randvoll, bis zum Überfließen. Ich muss jetzt leider ziemlich sofort gehen, sagte er. Dafür haben wir beide vielleicht endlich etwas, worauf wir trinken könnten, Sie und ich.

32

Ob nun über die Autobahn oder die Nationalstraße, die beide, nachdem sie in Hendaye respektive Béhobie die Grenze überquert haben, Richtung Südspanien weiterführen: Nach San Sebastián kommt man auf jeden Fall. Nachdem Ferrer düstere Industriebrachen hinter sich gelassen hatte, an bedrückenden, langgezogenen Gebäuden in frankistischer Architektur entlang gefahren war und sich bisweilen fragte, was er hier eigentlich zu suchen hatte, kam er unversehens in diese große, luxuriöse Stadt am Meer, auf die er innerlich nicht vorbereitet war. Sie befand sich auf einem schmalen Streifen Land zu beiden Seiten eines Flusses und eines Bergs, der zwei fast symmetrische Buchten voneinander trennte, eine doppelte Rundung etwa in der Art eines kleinen Omegas, einer weiblichen Brust, die ins Land ragte, ein ozeanischer Busen im Korsett der spanischen Küste.

Ferrer stellte seinen Mietwagen in der Tiefgarage nahe der Hauptbucht ab, dann bezog er ein kleines Hotel im Zentrum. Eine Woche lang wanderte er über breite Avenuen, still waren sie, luftig, schön sauber gehalten, von hellen, ernsten Gebäuden gesäumt, ging aber auch durch kurze, schmale Gässchen, ihrerseits sorgsam gekehrt, allerdings dunkel und überragt von schmalen, nervösen Häusern. Paläste und Parks, Prunkhotels und Privatpensionen sowie barocke, gotische und neugotische Kirchen, nagelneue Stierkampfarenen, endlose Strände, daran das Institut für Thalassotherapie, der königliche Tennisclub und das Casino. Vier Brücken, eine prachtvoller als die andere, mit Mosaiken gepflastert, mit steinernen, gläsernen, gusseisernen Ornamenten verziert, mit weiß-goldenen Obelisken geschmückt, mit schmiedeeisernen Laternen, Sphingen und Türmchen, auf denen das Monogramm des Königs prangte. Das Wasser des Flusses war grün, dann, beim Kontakt mit dem Ozean, wurde es blau. Ferrer ging oft über diese Brücken, häufiger aber noch über die Promenade entlang der muschelförmigen Bucht, in deren Mitte eine winzige Insel lag, von einem schaumweißen Schlösschen gekrönt.

So wanderte er herum, tagaus, tagein, ohne etwas anderes zu suchen als eine zufällige Begegnung, er ging sämtliche Stadtviertel ab und bekam diese Stadt allmählich ein wenig über, zu groß war sie und dabei zu klein, nie konnte man sicher sein, dort zu sein, wo man war, dabei wusste man es nur zu gut. Supin hatte keine weiteren Angaben machen können als den Namen San Sebastián, dazu eine Hypothese mit beschränkter Bodenhaftung. Dass sich der Entwender der Antiquitäten hier aufhielt, war zwar möglich, aber mehr auch nicht.

Anfangs ging Ferrer zur Essenszeit vor allem in die zahlreichen kleinen, bevölkerten Bars in der Altstadt, wo man am Tresen steht, allerlei Kleinigkeiten isst und sich nicht hinsetzen muss, um einsam zu speisen, was einem auf den Magen schlagen kann. Aber auch das war Ferrer bald leid: Schließlich entdeckte er beim Hafen ein umstandsloses Restaurant, wo das Alleinsein nicht so schlimm war. Täglich rief er gegen Abend Elisabeth in der Galerie an, dann ging er früh zu Bett. Nach einer Woche aber erschien ihm sein Unternehmen zwecklos; einen Unbekannten suchen, in einer unbekannten Stadt, was soll das. Mutlosigkeit erfüllte ihn. Bevor er nach Paris zurückfuhr, wollte er noch zwei Tage hier bleiben, aber ohne seine erfolglose Suche weiterzuführen, lieber verdöste er die Nachmittage in einem Liegestuhl am Strand, wenn das Herbstwetter es zuließ, abends schlug er die Zeit an der Bar des Hotels Maria Cristina tot, in einem Ledersessel vor einem Glas Txakoli, Auge in Auge mit dem Ganzfigur-Porträt eines Dogen.

Als eines Abends das gesamte Erdgeschoss des Maria Cristina von einem lärmigen Karzinologen-Kongress belagert wurde, wechselte Ferrer lieber ins Hôtel de Londres et d'Angleterre, ein Haus, das nur ein kleines bisschen weniger mondän war als das andere, und dessen Bar den Vorzug großer, luftiger Panoramafenster mit Blick auf die Bucht besaß. An jenem Abend war es hier sehr viel ruhiger als im Maria Cristina – drei, vier mittelalte Paare saßen herum, zwei, drei Männer standen allein an der Bar, wenig Bewegung, kaum Hin und Her, Ferrer setzte sich ganz auf die Seite vor eine der großen Fensterscheiben. Draußen war es dunkel, die Lichter der Küste spiegelten sich als verschwommene Girlanden auf dem ölglatten Ozean wider, friedlich ruhten hinten beim Hafen die Silhouetten von fünfundzwanzig Yachten auf dem Wasser.

Nun gestatteten diese Fensterscheiben je nach Blickwinkel die Beobachtung nicht nur der Außenwelt, sondern wie durch einen Rückspiegel auch des Inneren des stillen Saals. Bald entstand ganz am anderen Ende eine Bewegung: Die Drehtür rotierte um ihre Achse und entließ sodann aus ihren Flügeln Baumgartner, der sich neben den einsamen Männern mit den Ellbogen auf den Tresen stützte, den Rücken zur Bucht gewandt. Fern im Fensterglas gespiegelt, sorgten dieser Rücken und diese Schultern dafür, dass Ferrers Brauen sich runzelten, dann nahm sein Blick sie immer genauer ins Visier, schließlich stand Ferrer auf und ging langsam in Richtung Bar. Zwei Meter hinter Baumgartner blieb er stehen, schien kurz zu zögern, dann trat er auf ihn zu. Verzeihen Sie bitte, sagte er und legte zwei Finger auf die Schulter des Mannes, der sich umdrehte.

Schau an, sagte Ferrer. Delahaye. Hab ich mir so was doch gedacht.

33

Nicht genug, dass Delahaye nicht tot war – was Ferrer letztlich kaum überraschte –, nein, er hatte sich in diesen wenigen Monaten auch sehr verändert. Transformiert geradezu. Der Wust stumpfer, gebogener Winkel, der stets das Hauptmerkmal seiner Erscheinung gewesen war, war einem Bündel scharf gezogener Linien und Ecken gewichen, als wäre das Ganze exzessiv überarbeitet worden.

Jetzt, unter dem Namen Baumgartner, war bei ihm alles nur noch tadellos strichgerade: Die Krawatte, deren Knoten, wenn er überhaupt eine trug, immer irgendwie schief unterm Hemdkragen gehangen hatte, die Bügelfalte seiner Hose, die man nur erahnen konnte, so sehr hatte das Beinkleid an den Knien gebeult, sogar sein Lächeln, das einst ständig entgleiste und rasch aufweichte, Kontur verlor, zerfloss wie ein Eiswürfel in den Tropen, der schlampige Seitenscheitel, der diagonal hängende Gürtel, die Bügel seiner Brille, ja sogar sein Blick – kurz, all diese vernachlässigten, wirren, unvollständigen Elemente waren gerafft, gestrafft, gestärkt. Die Borsten seines unförmigen Schnurrbarts waren abgemäht zugunsten einer tadellosen Geraden, einem sorgfältigst barbierten, wie mit einem feinen Pinsel in südamerikanischer Manier gezogenen Strich auf der Oberlippe.

Ferrer und er blickten sich einen Moment lang schweigend an. Wohl um Fassung zu erlangen, ließ Delahaye das Glas in seiner Hand leicht kreisen, hielt dann aber in der Bewegung inne: Der Inhalt führte allein die Rotation fort, bis er seinerseits zur Ruhe kam. Tja, sagte Ferrer, vielleicht setzen wir uns hin. Dann redet es sich besser. Ja, seufzte Delahaye. Man entfernte sich von der Bar, hin zu den tiefen Sesseln, die sich in Dreier- und

Vierergruppen um kleine Tische mit Decken darauf scharten. Wählen Sie, sagte Ferrer, ich folge.

Dabei konnte er von hinten die Kleidung seines Ex-Assistenten weiter begutachten: Alles war anders als früher. Der anthrazitgraue Flanell-Zweireiher schien als Stützpfahl zu fungieren, so gerade hielt sich sein Träger. Als der sich zum Hinsetzen umdrehte, registrierte Ferrer eine nachtblaue Krawatte auf einem Hemd mit perlgrauen Streifen, an den Füßen elegante Schnürschuhe im edlen braunen Farbton alter Möbel, und die Krawattennadel wie die Manschettenknöpfe funkelten diskret, ein gedämpfter Schimmer von Opal und mattiertem Gold, kurz, er war genau so gekleidet, wie Ferrer es in der Galerie immer gewollt hätte. Der einzige Makel an dem Bild, als Delahaye sich in den Sessel fallen ließ und seine Hose etwas hochrutschte: Die Bündchen seiner Strümpfe schienen ausgeleiert zu sein. Das steht Ihnen alles sehr gut so, sagte Ferrer. Wo kaufen Sie ein? Ich hatte nichts mehr anzuziehen, antwortete Delahaye, da hab ich mir hier ein bisschen was anschaffen müssen. Man findet ganz gute Sachen hier in der Innenstadt, Sie glauben gar nicht, wie viel billiger als in Frankreich. Dann richtete er sich in seinem Sessel auf, rückte die wohl wegen der Aufregung leicht aus der Mittelachse geratene Krawatte zurecht und zog sich die Kniestrümpfe hoch, die ihm in Wülsten auf den Knöcheln saßen.

Meine Frau hat mir diese Strümpfe geschenkt, erläuterte er zerstreut, aber sie rutschen, sehen Sie. Sie rutschen einfach immer wieder. Ja, sagte Ferrer, ja, das ist normal. Geschenkte Strümpfe rutschen immer. Stimmt, lächelte Delahaye zerknirscht, eine treffliche Beobachtung, darf ich Sie zu etwas einladen? Gern, sagte Ferrer. Delahaye machte ein Zeichen in Richtung einer weißen Weste, schweigend wartete man ab, bis die Bestellung ausgeführt war, hob dann diskret und ohne Lächeln die Gläser, man trank. Ja, wagte sich Delahaye vor, wie fangen wir es jetzt an? Ich weiß noch nicht genau, sagte Ferrer, das wird hauptsächlich von Ihnen abhängen. Gehen wir ein bisschen raus?

Sie verließen das Hôtel de Londres et d'Angleterre; statt sich
zum Ozean zu wenden, der jetzt aufgewühlt schien, gingen sie
in die entgegengesetzte Richtung. Die Tage wurden immer eif-
riger kürzer, die Dunkelheit immer früher undurchdringlich.
Sie bogen in die Avenida de la Libertad ein und folgten ihr bis
zu einer der Brücken über den Fluss.

Dieses reißende Gewässer schießt zwar unablässig auf das
kantabrische Meer zu, doch wenn dieses zu sehr tobt, dringt es
stromaufwärts in den Fluss ein, wirft sich ihm entgegen, über-
wältigt ihn, das Süßwasser erliegt dem Ansturm von so viel krie-
gerischem Salz. Die gegen den Strom laufenden Wellen werfen
sich zunächst gegen die Pfeiler der ersten beiden Brücken, des
Puente de la Zurriola und des Puente de Santa Catalina, um sich
sodann hinter dem Puente de Maria Cristina zu beruhigen. Dennoch schütteln sie den Fluss weiter durch, strudeln unter der
Oberfläche herum, erzeugen peristaltische Zuckungen wie in
einer Bauchhöhle, bis zum Puente de Mundalz und wahrscheinlich sogar noch weiter bergan. Die beiden Männer blieben mitten auf der Brücke stehen, und wie sie so eine Zeitlang unter
sich das Ringen zwischen Fadem und Salzigem betrachteten,
dachte Delahaye flüchtig daran, dass er nie schwimmen gelernt
hatte, und Ferrer hatte eine Eingebung.

Eigentlich könnte ich Sie mir jetzt vom Hals schaffen, ein für
allemal, sagte er sanft, wenn auch ohne rechte Überzeugung.
Ich könnte Sie zum Beispiel ertränken, gar kein Problem. Ja, vielleicht sollte ich das wirklich tun, wenn man bedenkt, was für
einen Scheißärger Sie mir gemacht haben. Da Delahaye hastig
einwandte, eine solche Tat müsse ihrem Urheber unweigerlich
Ungemach verursachen, wies Ferrer ihn auf den Umstand hin,
dass er ja bereits offiziell gestorben war und dieses erneute Verschwinden daher jedenfalls unbemerkt bleiben würde.

Man hält Sie für tot, so Ferrer, Sie haben keine legale Existenz mehr, das haben Sie ja gewollt, oder? Also, was riskiere
ich, wenn ich Sie kalt mache? Einen Toten töten ist kein Verbre-
chen, mutmaßte er, ohne zu wissen, dass er die Argumentation

wiederholte, mit der Delahaye schon dem Heilbutt gekommen war. Also nein, sagte Delahaye, das werden Sie doch nicht tun. Nein, gab Ferrer zu, ich glaube nicht. Ich wüsste übrigens nicht mal, wie ich das anstellen soll, ich kenne mich mit diesen Techniken nicht so aus. Trotzdem, geben Sie zu, Sie sind gefickt. Das gebe ich zu, sagte Delahaye, mäßigen Sie Ihre Ausdrucksweise, aber ich gebe es zu.

Das brachte uns also nicht so furchtbar weiter, mangels Argumenten schwieg man ein Minütchen oder zwei. Ferrer fragte sich, warum er sich bloß so derb ausgedrückt hatte. Manchmal rammte eine besonders kräftige Welle mit explosionsartigem Krachen gegen einen Brückenpfeiler und schleuderte Gischtfetzen bis hoch auf ihre Schuhe. Die zuckerhutförmigen Laternen auf dem Puente de Maria Cristina verströmten ein trauliches Licht. Stromabwärts waren die des Puente de la Zurriola zu sehen, geformt wie Eistüten mit drei oder vier Kugeln, aber sie leuchteten heller.

Also, erwog Ferrer in aller Ruhe, ich könnte Ihnen wegen Diebstahl oder Betrug Ärger machen, wegen Vertrauensmissbrauch, ich weiß nicht. Aber auch Diebstahl ist schon ein Gesetzesbruch. Und sich für tot auszugeben, ist wohl auch nicht so fürchterlich legal, was? Ich weiß nicht, meinte Delahaye, ich habe mich da nicht besonders kundig gemacht. Außerdem könnte ich mir vorstellen, sagte Ferrer, dass Sie sich nicht damit begnügt haben, wo Sie schon mal dabei waren, hm, mit Sicherheit gibt's da noch ein paar Kleinigkeiten, die auch nicht ganz sauber sind. Eingedenk des unglücklichen Endes, das er dem Heilbutt bereitet hatte, enthielt sich Delahaye jeglichen Kommentars zu dieser Mutmaßung. Okay, sagte er, ich hab's versiebt. Okay, in Ordnung, ich hab's versiebt, so was kommt vor. Aber was soll ich jetzt tun, haben Sie darüber mal nachgedacht? Sie stehen jetzt prima da, fügte er unverschämt hinzu, Sie stehen wieder mal ganz prima da.

Da packte Ferrer Delahaye bei der Gurgel, fester, als er eigentlich wollte, presste ihn gegen das Geländer und beschimpfte

ihn, zunächst unhörbar. Du verdammter kleiner Wichser, schrie
er dann vernehmlicher und verlor jedes Maß, obgleich er sich
doch eben noch selber vorgeworfen hatte, an diesem Abend zu
viele Grobheiten von sich zu geben, du scheiß Arschloch – während der andere, den Kopf rücklings über den brodelnden Fluss
gezwungen, erst versuchte, ebenfalls zu schimpfen und zugleich
zu protestieren, jetzt aber nur noch nein, nein, bitte nicht, nein,
gurgeln konnte.

Nun begleiten wir ihn schon seit fast einem Jahr und haben
uns trotzdem noch nie die Zeit genommen, Ferrers Äußeres zu
beschreiben. Da dieser doch recht lebhafte Auftritt sich nicht
für lange Abschweifungen eignet, wollen wir uns auch nicht
ewig damit aufhalten: So sei nur rasch gesagt, dass er ein ziemlich großer Fünfziger ist, braunhaarig mit grünen Augen, je
nach Wetter sind sie auch mal grau, insgesamt sieht er nicht
übel aus, es sei gesagt, dass trotz seiner Herz- wie Herzenspro-
bleme und obgleich er nicht besonders robust gebaut ist, seine
Kräfte enorm wachsen können, wenn er in Harnisch gerät. Eben
dies scheint sich gerade zu ereignen.

Du verdammter kleiner Scheißkerl, fluchte er also weiter,
Delahayes Kehlkopf gefährlich fest umklammernd, du billiger
kleiner Betrüger. Autos fuhren über die Brücke, ein Fischerboot
glitt mit gelöschten Positionslichtern darunter hindurch, vier
Fußgänger passierten rasch auf dem Bürgersteig gegenüber,
ohne das Handgemenge zu beachten; niemand hielt inne, trotz
des Lärms und obwohl es übel auszugehen drohte. Nicht, rö-
chelte Delahaye mittlerweile nur noch, bitte nicht. Halt's Maul,
Arschloch, halt bloß dein Maul, fauchte Ferrer grimmig, dir po-
lier ich die Fresse, das vergisst du nicht. Und als der andere an-
fing zu zucken, spürte Ferrer auf einmal an dessen Kieferansatz
die Halsschlagader ebenso deutlich und hektisch pochen, wie
er ein paar Monate zuvor seine eigenen Arterien beim Echodoppler hatte sehen können. Verdammte Scheiße, dachte er da,
wie um Himmels willen komme ich heute Abend bloß dazu,
derart zu fluchen?

34

Mangels Alternative sollten die folgenden Tage in der gewohnten Weise ablaufen. Zunächst einmal ein ganzer Tag im Wagen, da Ferrer beschlossen hatte, ohne Eile nach Paris zurückzufahren. Ein Halt zum Mittagessen kurz vor Angoulême, ein kleiner Umweg ohne besondere touristische Absichten, einfach nur, um Zeit zum Überdenken und Planen zu haben. Im Wagen musste er mangels automatischen Sendersuchlaufs alle hundert Kilometer die Wellenlänge neu einstellen, da die Sender je nach Region die Frequenz wechselten. Aber Ferrer sollte den Sendungen ohnehin nur zerstreut und bei geringer Lautstärke lauschen, das Radio war nicht mehr als der Soundtrack zum Film der letzten zwanzig Stunden, den er sich in einer Endlosschleife immer wieder vorspielte.

Mit Delahaye war es fast zu glatt gelaufen. Nach seinem kurzen Ausraster hatte Ferrer sich beruhigt und man hatte verhandelt. Delahaye war am Boden zerstört und saß in jeder Hinsicht in der Klemme. Voll hochfliegender Hoffnungen auf enorme Summen aus dem Verkauf der Antiquitäten hatte er innerhalb weniger Monate seine gesamten Ersparnisse für edle Hotels und Luxuskleidung auf den Kopf gehauen: Jetzt besaß er so gut wie keinen roten Heller mehr. Das Auftauchen seines Ex-Chefs hatte diese Hoffnungen zunichte gemacht; als Ferrer wieder bei sich war, hatte er Delahaye in eine Bar der Altstadt geschleppt, um ihm ein Arrangement anzubieten. Man hatte besonnener gesprochen, hatte die Zukunft ins Auge gefaßt, Ferrer hatte seinen ehemaligen Assistenten wieder gesiezt.

Delahaye wollte demütig und definitv den Namen Baumgartner beibehalten, was sollte er auch tun, ihn anzunehmen hatte ihn viel Mühe gekostet, und jetzt würde er ihn nutzen, so gut es ging, nicht wahr. So etwas hat schließlich auch seinen Preis, gut gemachte falsche Ausweispapiere sind alles andere als billig, und das Ganze rückgängig zu machen war ja wohl unmöglich. Trotzdem versuchte er zu feilschen: Gegen eine gewisse Entschädigung wollte er das Versteck der Antiquitäten preisgeben. Obgleich Ferrer die Forderung ganz maßvoll fand, machte er sich ein Vergnügen daraus, sie herunterzuhandeln, und bot an, etwas weniger als ein Drittel der verlangten Summe zu zahlen, was Delahaye erlauben würde, einige Zeit in einem Land seiner Wahl auszuharren, vorzüglich einem mit schwacher Währung. Da Delahaye sich in einer kläglichen Verhandlungsposition befand, hatte man sich darauf geeinigt. Am Ende schied man ohne Groll voneinander, und Ferrer traf am frühen Abend in Paris ein.

Gleich am nächsten Morgen fuhr er den Angaben seines Ex-Assistenten folgend nach Charenton, um die Sachen wieder an sich zu nehmen, dann mietete er in einer Bank einen großen Tresor und brachte sie in aller Eile darin unter, ordentlich versichert. Danach ging er nachmittags zu Jean-Philippe Raymond, die abschließende Expertise abholen, und stand, kaum an der Sekretärin vorbei, unvermittelt vor Sonia. Ganz die Alte mit ihren Bensons und dem Ericsson, bei dessen Anblick Ferrer unwillkürlich, er konnte nicht anders, an das Babyphon denken musste. Sie musterte ihn scheinbar gleichgültig, doch als er ihr durch den Flur zu Raymonds Büro folgte, drehte sie sich jäh um und warf ihm erbost vor, dass er sie nie wieder angerufen hatte. Da Ferrer darauf nicht reagierte, fing sie an, ihn halblaut zu beschimpfen, doch als er versuchte, sich durch Flucht auf die Toilette aus der Affäre zu ziehen, folgte sie ihm dorthin, warf sich ihm in die Arme und ächzte, nimm mich, nimm mich. Da er sich sträubte und versuchte, ihr begreiflich zu machen, dass das weder der passende Ort noch der passende Moment sei, wurde sie wild, wollte ihn kratzen und beißen, dann verlor sie alle

Hemmungen und wollte ihm an die Hose, kniete nieder, um wer weiß was zu tun, tu nicht so unschuldig, du weißt genau was. Aber, wer weiß warum, Ferrer ließ es nicht zu. Als er die Situation mehr oder weniger beruhigt hatte, gelang es ihm, sich diesen verschiedenen Ansinnen zu entziehen, wenn auch doch mit gemischten Gefühlen. Zum Glück stellte sich etwas später, wieder in der Galerie, heraus, dass sich während seiner Reise die Dinge eher zum Guten entwickelt hatten. Das Geschäft schien wieder ein bisschen anzuziehen, dennoch hatte Ferrer den ganzen Nachmittag über Probleme, sich zu konzentrieren.

Sonia war ganz gewiss nicht die Lösung, aber Ferrer, ein Mann, der, wie man weiß, nicht gut ohne Frauen sein kann, versuchte ab dem zweiten Tag nach seiner Rückkehr, das eine oder andere Abenteuer aufzuwärmen. Potenzielle Liebesgeschichten waren das, halbgare Flirts, Karteileichen, unbearbeitete Akten oder vertagte Affären, die einen mehr, die anderen weniger interessant. Doch keiner seiner Versuche fruchtete. Diejenigen, die ihn hätten aufmuntern können, waren unauffindbar, lebten woanders oder waren anderweitig beschäftigt. Nur die minder interessanten schienen ansprechbar, aber da wurde wiederum er nicht so richtig warm.

Es blieb natürlich noch Hélène, obgleich Ferrer zögerte, Kontakt zu ihr aufzunehmen. Er hatte sie seit dem Tag mit der Schminke nicht mehr gesehen, da er selber gleich darauf nach Spanien gefahren war, außerdem wusste er immer noch nicht recht, wie er sich ihr gegenüber verhalten und was er von ihr halten sollte. Sie wirkte zu fern und zu nah, zu bereitwillig und zu kühl, unergründlich und glatt, so dass sie wenig Griffe bot, an denen Ferrer hätte emporklettern können, und wer weiß zu welchem Gipfel. Trotzdem beschloss er anzurufen, aber sogar mit Hélène bekam er erst in der nächsten Woche ein Rendezvous zu Stande. Als es soweit war und er drei Mal dem Impuls abzusagen widerstanden hatte, lief alles so, wie es hinlänglich, ja zum Überdruss bekannt ist, ich meine, man aß miteinander, dann schlief man miteinander, es war nicht allzu gelungen, aber man tat's. Dann tat man es noch mal. Diesmal ging es etwas besser, also machte man weiter, bis es gar nicht so schlecht lief, umso mehr, als man zwischen zwei Umarmungen allmählich etwas geläufiger miteinander redete, ja, gelegentlich lachte man sogar miteinander: Man kam voran, vielleicht kam man voran.

Sorgen wir dafür, dass wir vorankommen, beschleunigen wir ein wenig. In den folgenden Wochen verbringt Hélène nicht nur immer mehr Zeit in der Rue d'Amsterdam, sie kommt auch immer öfter in die Galerie. Bald besitzt sie die Schlüssel zur Wohnung, bald verlängert Ferrer Elisabeths Vertrag nicht, natürlich folgt Hélène ihr nach und erbt auch die Schlüssel zur Galerie, die Suzanne Ferrer vor dem Justizpalast zurückgegeben hatte.

Hélène arbeitet sich rasch ein. Sie verfeinert ihre Kunst des Ausgleichs derart, dass Ferrer ihr, zunächst halbtags, den Großteil der Künstlerkontakte anvertraut. So muss sie die Entwicklung von Spontinis Arbeit verfolgen, dafür sorgen, dass Gourdels Moral nicht sinkt oder Martinovs Selbstüberschätzung nicht ins Unermeßliche steigt. Diese Rolle ist umso wichtiger, als Ferrer weitgehend damit beschäftigt ist, sich um die aus dem ewigen Eis befreiten Antiquitäten zu kümmern.

Sehr schnell und ganz selbstverständlich, ohne dass man viel darüber hätte reden müssen, zieht Hélène in der Rue d'Amsterdam ein, und da das Geschäft immer besser läuft, arbeitet sie bald ganztags in der Galerie. Offenbar haben die Künstler lieber mit ihr zu tun als mit Ferrer; sie ist ruhiger und differenzierter als er, der allabendlich in der Wohnung den Tagesrapport entgegennimmt. Obgleich man das Projekt nie so formuliert hat, sieht das Ganze allmählich aus wie ein Leben als Paar. Morgens sitzen beide da, sie vor ihrem Tee, er vor seinem Kaffee, sie reden über Zahlen und Werbung, über Herstellungsfristen, Auslandskontakte, und den Objektkünstlern geben sie irgendwann die rote Karte.

Übrigens erwägt Ferrer jetzt umzuziehen. Die Mittel dazu wären durchaus vorhanden. Die Objekte aus der *Nechilik* haben beträchtlichen Gewinn erbracht, außerdem geht es mit dem Kunstmarkt mittlerweile deutlich aufwärts, das Telefon klingelt wieder, die Sammler kommen mit begehrlichem Saurierblinzeln, ihre Scheckhefte hüpfen ihnen aus der Tasche wie Fischlein aus dem Wasser. Der Rauswurf der Objektkünstler hat keinerlei Verlust gebracht; Martinov hingegen startet voll durch zum Status des offiziell anerkannten Künstlers: Er bekommt Aufträge für Eingangshallen in Londoner Ministerien und Fabrikfoyers in Singapur, Bühnenvorhänge und Bühnenbilder landauf, landab, immer mehr Retrospektiven werden seinem Werk im Ausland gewidmet, es läuft, es läuft gut. Auch Beucler und Spontini, die das beide am meisten überrascht, schaffen sich ein immer treueres Publikum, sogar Gourdel, auf den niemand mehr hatte setzen wollen, verkauft wieder ein bisschen. Dank all dieser bezaubernden Barmittel meint Ferrer, dass man eine neue Wohnung finden kann, muss, wird. Er kann es sich jetzt absolut leisten, eine zu kaufen: Also sucht man sich etwas Größeres, etwas Brandneues, ein Dachgeschoss hoch im Himmel, das gerade im VIII. Arrondissement gebaut wird, Mitte Januar soll es fertig sein.

Bis alle Details dieser neuen Behausung geklärt sind, beginnt man schon mal, Leute in die Rue d'Amsterdam einzuladen. Man veranstaltet Cocktailempfänge und Abendessen, lädt Sammler ein, Réparaz kommt ohne seine Frau, dazu Kunstkritiker und Galeristenkollegen, an einem Abend sogar Supin, der bringt seine Freundin mit. Zum Dank für seine Unterstützung überreicht Ferrer ihm feierlich eine kleine Martinov-Lithografie, die Hélène dem Künstler für einen geringen Preis abgehandelt hat. Zutiefst gerührt erklärt Supin erst, das könne er nicht annehmen, schließlich aber zieht er ab, das eingewickelte Werk unter dem einen Arm, seine Freundin am anderen. Es ist November, die Luft ist trocken, der Himmel blau, alles perfekt. Wenn niemand eingeladen ist, geht man bisweilen zum Essen aus, danach noch auf ein Glas ins Cyclone, ins Central, ins Soleil, Bars, in denen man manchmal Galeristenkollegen oder Kunstkritiker trifft, die man vorgestern zu Gast gehabt hat.

In den Wochen bis zum Monatsende sieht Ferrer dann und wann zufällig, selten in der Nähe, meist aus der Ferne, die eine oder andere seiner Verflossenen. Eines Tages steht Laurence nahe der Madeleine-Kirche auf der Straßenseite gegenüber und wartet, dass die Fußgängerampel grün wird, doch Ferrer denkt daran, wie sie im Streit voneinander geschieden sind, er beschließt, dass sie ihn nicht gesehen hat, und geht lieber an einer anderen Ampel über die Straße. Dann umgibt ihn irgendwann an der Place de l'Europe mit einmal ein kräftiger Hauch Extatics Elixir, er schnuppert ihm verstohlen nach, kann aber nicht erkennen, hinter welcher Passantin er herweht. Es ist nicht garantiert, dass es Bérangère ist, denn die Anhängerinnen dieses Parfums haben sich in der letzten Zeit vervielfacht, wie es scheint. Er verzichtet darauf, der Duftspur zu folgen, er hat den Geruch ohnehin nie gemocht, lieber geht er ihm aus dem Weg und verkrümelt sich in der entgegengesetzten Richtung.

Eines Abends sogar, Ferrer ist mit Hélène auf ein Glas ins Central gegangen, läuft er Victoire über den Weg, die er seit Anfang des Jahres nicht mehr gesehen hat. Äußerlich hat sie sich nicht sehr verändert, nur ihr Haar ist länger, ihr Blick distanzierter, als hätte er sich auf einen weiter entfernten Gegenstand eingestellt, ein breiteres Gesichtsfeld, ein Panorama. Außerdem sieht sie etwas abgekämpft aus. Man wechselt ein paar belanglose Worte, Victoire wirkt abwesend, lächelt aber der sich entfernenden Hélène zu – ich lasse euch kurz allein, sagt Hélène –, ein Lächeln wie das einer befreiten Sklavin oder einer besiegten Siegerin. Bezüglich Delahayes Tod scheint sie nicht auf dem Laufenden zu sein. Ferrer holt das nach, erzählt ihr mit Leichenbittermiene die offizielle Version, dann lädt er sie zu einem Glas Weißwein ein und zieht sich zurück, Hélène hinterher.

Gemeinsam mit Hélène plant Ferrer derzeit die neue Wohnung: ein gemeinsames Schlafzimmer und auch für jeden ein eigenes, wenn man mal allein schlafen will, schließlich muss an alles gedacht sein, Arbeits- und Gästezimmer, Küche, drei Bäder, Terrasse und Wirtschaftsräume. Mehrmals pro Woche findet sich Ferrer auf der Baustelle ein, wo die Arbeit so gut wie beendet ist. Er spaziert über rohen Beton, atmet Gipsstaub ein, der sich ihm an den Gaumen klebt, er sucht Wandverkleidungen und Anstriche aus, Vorhangfarben und zueinander passende Möbel, ohne dem Makler Gehör zu schenken, der unbeholfen zwischen Stahlträgern herumstolpert und mit unexakten Plänen wedelt. Hélène begleitet Ferrer nicht zu diesen Terminen. Sie bleibt lieber in der Galerie und kümmert sich um die Künstler, vor allem um Martinov, den man nicht aus den Augen lassen darf, so ein Erfolg ist stets gefährdet, verlangt nach unablässiger, keinen Augenblick erlahmender Wachsamkeit; Ferrer steht unterdessen auf der Terrasse seines zukünftigen Penthouse und sieht die Wolken heraufziehen.

Diese Wolken schauen garstig aus, in Reih und Glied marschieren sie auf, entschlossen wie eine Berufsarmee. Jäh ist das Wetter umgeschlagen, als hätte es der Winter eilig, er scheint übel gelaunt und beutelt den Herbst mit bedrohlichen Windstößen, will ihn so schnell wie möglich abdrängen und wählt einen der letzten Novembertage, um lärmend die Bäume leerzufegen, binnen einer Stunde ist das eingerollte Laub fort, nur noch eine Erinnerung. Klimatisch gesehen darf man sich aufs Schlimmste gefasst machen.

35

So war es also Winter geworden, das Jahr neigte sich seinem Ende zu, sein letzter Abend stand bevor, zu dem die Leute einander vorausschauend, rechtzeitig und gegenseitig eingeladen hatten. Bislang hatte die Aussicht auf diesen Abend Ferrer immer etwas nervös gemacht, aber diesmal nicht, nein, ganz und gar nicht. Er hatte alles durchorganisiert, wollte Hélène zu Réparaz mitnehmen, wo ein imposanter Empfang ins Haus stand: Wahnsinnig viele Leute, zwölf Musikbands, vierzehn Buffets, dreihundert Berühmtheiten aus allen Bereichen, zum Nachtisch zwei Minister, das konnte doch schlimmstenfalls ganz lustig werden.

Am Abend des 31., kurz vor den Fernsehnachrichten, weihte Ferrer Hélène lächelnd in dieses Programm ein, da klingelte es, es war der Briefträger, begleitet von einem Aushilfsbriefträger, sie kamen wegen ihres Weihnachtsgeldes und brachten den üblichen Stapel Kalender mit den unvermeidlichen Vorstehhunden, schlafenden Kätzchen, Vögelchen auf Zweiglein, Hafenstädten und beschneiten Bergesgipfeln, kurz, sie brachten die Qual der Wahl. Ja natürlich, sagte Ferrer voller Begeisterung, kommen Sie doch herein.

Hélène schien einverstanden, mit ihm gemeinsam einen Kalender auszusuchen, man wählte zwei Blumensträuße, Vorderseite/Rückseite, einen pro Halbjahr, dann verehrte Ferrer, bestens gelaunt, den Briefträgern das Dreifache der üblichen Gratifikation. Die entzückten Postler wünschten dem Paar alles Glück der Welt, Ferrer hörte, als er die Tür schloss, wie sie noch im Treppenhaus den Vorfall kommentierten, doch jetzt verkündete Hélène, sie habe etwas zu sagen. Natürlich, sagte Ferrer, was liegt an? Also, sagte sie, es lag also an, dass sie letzten Endes, eigentlich zu diesem Abend bei Réparaz lieber nicht hin wollte. Martinov hatte auch was organisiert mit einem Dutzend seiner Freunde in dem neuen Atelier, der Frucht seiner jüngsten Verkäufe, es passte viel besser zu seinem jetzigen Status, so, da wollte sie lieber hin. Wenn dich das nicht stört.

Aber nein, sagte Ferrer, ganz, wie du willst. Natürlich sei das ein bisschen heikel angesichts seiner Verbindung zu Réparaz, aber er werde sich etwas einfallen lassen und ohne Probleme absagen. Nein, so nicht, sagte Hélène und drehte sich weg, das habe ich nicht gemeint. Recht bedacht sei es besser, wenn sie allein hingehe. Und da Ferrer stirnrunzelnd die Lippen spitzte, drehte Hélène sich wieder zu ihm hin und sagte, hör her, sagte sie, hör her. Sie erklärte sanft, dass sie nachgedacht hatte. Dass diese neue Wohnung. All diese Möbel. Die Aussicht, zusammen zu leben mit dem ganzen Himmel über dem Kopf, nein, sie wusste nicht mehr so recht. Sie war nicht ganz sicher, ob sie dazu schon bereit war, sie musste noch nachdenken, sie sollten später noch mal drüber reden. Ich meine nicht, dass wir das alles lassen sollen, verstehst du, ich meine nur, ich will noch mal nachdenken. Und dann reden wir in ein paar Tagen noch mal. Aha, sagte Ferrer und musterte die Spitzen seiner neuen Schuhe – neu waren seit ein paar Wochen alle seine Schuhe –, aha, einverstanden. Lieb von dir, sagte Hélène, dann zieh ich mich jetzt um. Du kannst mir ja später erzählen, wie's bei Réparaz war. Ja, sagte Ferrer, ich weiß nicht.

Sie ging bald, Ferrer fand es reichlich früh für einen solchen Abend. Allein zurückgeblieben, wanderte er erst kurz ziellos im Wohnzimmer auf und ab, machte den Fernseher an, dann gleich wieder aus, und verfluchte auf einmal Feldman, dass der ihm das Rauchen verboten hatte. Dann machte er ohne rechte Überzeugung drei, vier Anrufe, die, es war ja ein Feiertag, bei ebenso vielen Anrufbeantwortern landeten. Keine große Lust mehr, zu Réparaz zu gehen, der mit Hélène sympathisierte, seit sie in der Galerie arbeitete, und sich sicher wundern würde, dass sie nicht mitkam. Natürlich hatte er nichts anderes für den Abend geplant, und für einen improvisierten Ersatz war es etwas spät. Umso mehr, als er andere Einladungen ausgeschlagen hatte, so dass es jetzt ziemlich unangebracht wäre, lässig anzurufen, um sich notfallmäßig aufzudrängen. Auch da würde man sich wundern, ihm Fragen stellen, auf die er nicht die geringste Lust hatte.

So musste er es mit noch einigen Anrufen versuchen, alle jedoch von demselben Misserfolg gekrönt. Er schob eine CD in den Player, regelte sofort die Lautstärke herunter, legte eine andere CD ein, stellte dann aber den Ton ganz ab und den Fernseher an, vor dem er lange stehen blieb, ohne umzuschalten oder von dem, was er da sah, etwas zu begreifen. Auch vor dem geöffneten Kühlschrank stand er ein paar Minuten lang, immer noch vom Donner gerührt, ohne irgendetwas herauszunehmen. Und hier, zwei Stunden später, ging er die Rue de Rome hinunter, zur Metrostation Saint-Lazare, von wo es direkt nach Corentin-Celton geht. An Silvesterabenden gegen elf Uhr nachts ist die Metro nicht gerade überfüllt. Nicht selten finden sich völlig freie Bänke, ganz nach Ferrers Geschmack, der genau weiß, dass er vielleicht gerade die schlimmste Alternative gewählt hat.

Ferrer weiß, dass Suzanne, die er vor genau einem Jahr minus zwei Tagen verlassen hat, eine absolute Silvesterexpertin ist. Er weiß auch, dass er das Schlimmste riskiert, und dass dieses Schlimmste durchaus gerechtfertigt wäre, er weiß noch besser, dass Suzanne sehr heftig auf seinen Anblick reagieren könnte, dass das Ganze im höchsten Maß gewagt ist. Möglicherweise hat es geradezu etwas Selbstmörderisches an sich, aber das scheint ihm egal zu sein, als hätte er nichts anderes zu tun, ich weiß, es ist idiotisch, aber ich tu's. Und außerdem, wer weiß, vielleicht hat sich Suzanne ja auch geändert, vielleicht ist sie seit ihrer ersten Begegnung etwas zivilisierter geworden. Sie war nämlich immer von neandertalerhafter Brutalität gewesen, manchmal fragte Ferrer sich schier, ob er sie vielleicht am Eingang zu einer Höhle kennen gelernt hatte, eine Suzanne mit einer Keule in der Hand, einem Feuersteinkeil im Gürtel, in einem Kostüm aus Pterodaktylus-Flügel unter einem Trenchcoat aus Ichthyosauren-Lidern, behelmt von einer Iguanodon-Kralle, die ihrem Kopfumfang angepasst worden ist. Die nächsten fünf Jahre waren nicht einfach gewesen, sie hatten viel kämpfen müssen, aber vielleicht hatten sich die Dinge ja entwickelt, abwarten.

Das Haus jedenfalls sah ein bisschen anders aus. Der Knauf der Haustür wie der Briefkasten waren rot gestrichen worden, auf dem letzteren stand weder Ferrers Name noch Suzannes Mädchenname. Alle Fenster waren erleuchtet, und es sah aus, als würden neue Mieter in dem Haus Silvester feiern. Ratlos stand Ferrer ein paar Minuten neben der Haustür, ohne die geringste Ahnung, was er jetzt tun würde, was zu tun er Lust hatte, bis die Tür aufging, laute Musik ins Freie entließ und zugleich eine junge Frau, die auf der Schwelle stehen blieb, sie wollte ganz offenbar nicht gehen, sondern nur ein bisschen an die frische Luft.

Sie wirkte ganz nett, als sie ihn sah, nickte sie ihm lächelnd zu. Sie hatte ein Glas in der Hand, war so fünfundzwanzig bis dreißig, sah gar nicht schlecht aus, ein bisschen was von Bérangère, nicht ganz so hübsch wie sie, nicht ausgeschlossen, dass sie etwas beschwipst war, aber kein Wunder an so einem Abend. Da Ferrer wie angenagelt vor der Tür stand, sprach sie ihn an, sind Sie ein Freund von Georges? Ferrer war peinlichst berührt und antwortete nicht sofort. Ist vielleicht zufällig Suzanne da? fragte er schließlich. Ich weiß nicht, sagte die junge Frau, habe keine Suzanne gesehen, aber vielleicht ist sie drin, hier sind ganz schön viele Leute, ich kenne nicht alle. Ich bin die Schwester von einem von Georges' Teilhabern, Georges ist ganz frisch eingezogen. Das Haus ist nicht übel, aber es ist so was von heiß da drin. Ja, sagte Ferrer, es sieht ganz gut aus. Wollen Sie reinkommen und was trinken? lud ihn die junge Frau freundlich ein.

Hinter ihr sah Ferrer durch die geöffnete Tür den neu gestrichenen Eingangsflur, andere Möbel, eine unbekannte Deckenleuchte, in Rahmen oder an Reißzwecken hingen Bilder an der Wand, die weder Suzanne gefallen hätten noch ihm. Gern, antwortete er, aber ich möchte wirklich nicht stören. Woher denn, lächelte sie, kommen Sie herein. Es tut mir leid, sagte Ferrer, ich bin ein bisschen überrascht. Es ist nicht ganz leicht, das zu erklären. Macht nichts, sagte die junge Frau, ich bin selber mehr zufällig hier. Nur keine Angst, die Leute hier sind ganz gut drauf. Kommen Sie ruhig. Gut, sagte Ferrer, aber ich bleibe nur ganz kurz, wirklich. Ich trinke schnell ein Glas und ich gehe.

* * *